星座から見た地球

福永信

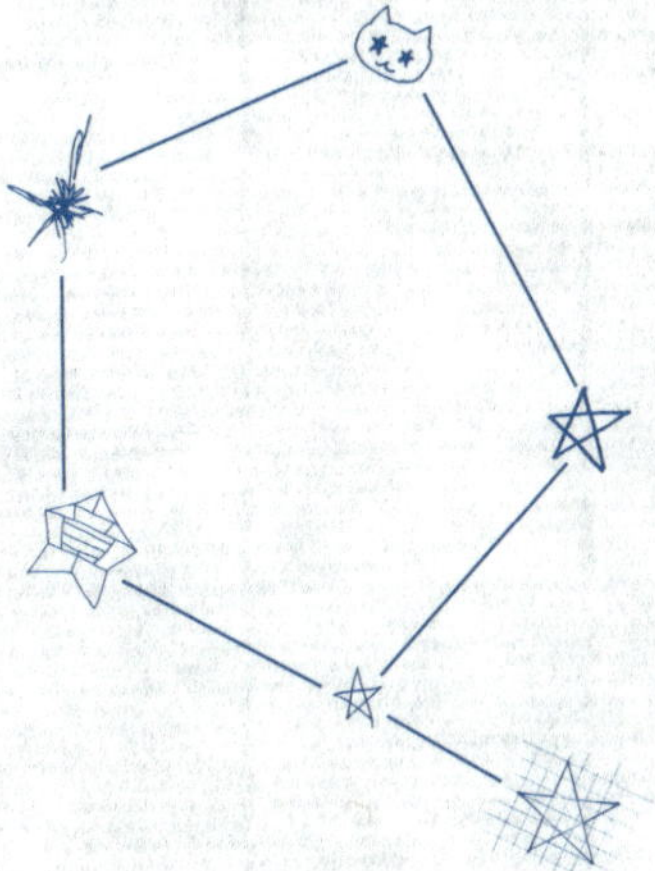

新潮社

星座から見た地球

Aはとびだした。それ以上がまんできなかったのだ。たった五分だがながいながい時間にそれは思われた。雪はやんでいたが降っていたことすらAは知らなかった。Aは立ち止まった。雪だるまを作りたいと思ったからだ。でもいちどぶるっとからだをふるわせただけでまたすぐかけだした。Aはもうおうちになんかもどるつもりはなかった。ポケットに四百円ある。これで切符を買って電車に乗る。県をまたいでどこか知らない町で生きていくと決めていた。ゲームセンターで働いて働いたお金でゲームをしたいだけすると考えていた。Aは真剣だったがけっきょく足は県をまたがなかった。駅にたどり着く前ほんの直前で四百円は使い切ってしまったのだ。帰りに知らない女の子と雪だるまを作った。

Bはすこし後悔していた。いいすぎたかなとこめかみをかいた。雪はやんでいた。窓の外から視線をはずし散らかった部屋を見わたした。わずか五分すぎただけなのに影もかたちもなくなるなんて不思議な気がした。じきに追いつけるはずとBは傘を二本つかんで外へ出た。赤いのと黄色いのときれいにしわのとおりにきゅっとしばられた傘だった。いってそうな場所をひとつずつその順番を想像しながら歩いた。でもゲームセンターで太鼓をたたいていたのはよその子だったし土手の近くの公園のところどころ色のはげた赤いタコのすべり台にもその姿はなかった。太鼓をたたいているのは達人の称号にふさわしい年長の女の子で隙がなく話しかけてみてもまるでふりむいてくれなかった。いまはもういるかもという気持ちになってさっき見たばかりなのに何度もおなじ場所にきてしまう。タコのてっぺんにしゃがんでいたのは同い年くらいの男の子だった。雪が舞い落ちてきた。

ねだるのにこんなに時間がかかってしまった。窓の外ではこの五分間でやんでいた雪がすこしだけパラパラ降ってきてまたやんだ。だがCはそんなこと気にしてなかった。駅前までかまわず走った。まったく大人ってなんてケチンボなんだろう。どうか太鼓の音が聞こえてきませんようにすぐ順番がきますようにとCは祈った。凍った地面に足をとられスカートのすそがひるがえった。祈りもむなしく曲がり角のむこうからどんどこどんどこその音は響いてきた。ゲームセンターの入り口のひときわ目立つその場所で熱心にたたいている小さな背中があった。先をこされてくやしかったがずっと聞いていたいともCは思った。不意に中断したのは投入すべきお金がなくなったから。いままでのことなんて全部わすれたみたいにポケットに手をつっこんで小さな背中はまるで次の用事があって多忙きわまるかのようにその場からかけだした。Cにしたところでさっきまでの感動はすぐにちっちゃくなって消えてなくなった。

Dは庭のバケツをひっくりかえし窓をのぞいた。ながいながい時間がすぎたと思ったのにまだ五分しかたってなかった。いやDにとってそれは十分ながい時間だった。部屋の奥の柱の上の大きな時計を見た。窓が白くくもった。Dのため息だ。自分に何かできればいいがどうしたらいいのかわからなかった。そりゃDだってケンカくらいする。けれど今日の天気みたいにくるくると気持ちは変わってすぐになかなおりできる。太鼓のゲームはお金がかかるからできないが（それに背伸びしないと届かないが）あそびはそれだけではなかった。大人のケンカはながいのが問題だとDは小さなあたまで考えた。わらってもらいたいがいい案は浮かばなかった。いまはただ白く何度もくもるガラス窓を見つめるしかなかった。でもとDは思う。将来僕は五分でケンカが終わる機械を発明しよう。そんなことを考えていたこの五分のあいだに雪がまた降り始めた。今度はやむことはなく町中に残された四人の足跡のすべてを消した。

とりたててAはシャボン玉をながもちさせようと願っていたわけではなかった。むしろその反対といえた。部屋にあるどんなものよりシャボン玉はもろくだからすぐ割れた。部屋にあるどれもこれもシャボン玉よりかたかった。Aはそれがおもしろいと思ったがひどく怒られた。部屋が汚れるというのである。石鹸だからきれいになるよとこたえたらゲンコツをくらった。それでAはしかたなく外へ出たというわけだった。外ではシャボン玉はボンネットとか電信柱とかやはりシャボン玉よりかたいものに触れて割れたがどこにも触れてないのに消えてしまうこともあった。なかなか割れないこともあった。どこまでも小さなそっと息を吐いたみたいな風に乗ってふわふわと浮かんでいた。これはそんな運のいいひとつだったがAはそのことに気づかなかった。立派な煉瓦の塀の上を見上げていたからだった。

自分の足の下をシャボン玉が通過したなんてことBは思いもしなかった。もうちょっとで塀をのぼりきることができるところだったのだ。靴はすでにかたっぽなかった。お屋敷の庭の植え込みに着地しようとしたら池に片足をつっこんでしまった。半分だけ開いたままの窓があったことを思い出しBはそこから中に入った。正面の門から入らなかったのは人の気配がしたからである。もちろんやりすごしてもよかったのだがなるだけ早くこんなところ出てしまいたいというのが本音だった。昼間きたときとはまるでちがって見えた。数えきれないほど部屋があり廊下の突き当たりをいくつもいくつも曲がらなくてはならなかった。足もとを見るとため息が出た。お気に入りの靴だったのにというBの声はこだまして廊下の奥へ奥へと響いた。コップはさっきとおなじ部屋のさっきとおなじテーブルの上に置かれたままだった。早いところこのコップを持って家に帰らなければまたしかられる。だがBは突っ立ったきりその場を動かなかった。いや動けなかったのである。それもしかたのないことなぜならだれかがついさっきまでここにいてシャボン玉を飛ばしてたとでもいうようにしかもすごく熱心だったとでもいうようにコップのなかの石鹼水はすっかりなくなっていたのだから。

Cは門の内側に手をのばしてカンヌキを外す動作をとめた。しばし耳をすました。だれかいるのだろうかと思った。しかしそんなはずはない。ここにはもうずいぶん前からだれも住んでいないのである。たしか庭のすみっこに池があった。その池の魚がはねたんだろうとCは推測した。だが人もいないのに魚がいるのだろうか。それは当然の疑問であるが池には魚がいるというのがCの信念だった。お屋敷のなかに足を踏み入れるのははじめてだった。むろん無断であり眉をひそめる向きもある。またこわくはないかとたずねられることもあったが空き家があればかならず入り込むのもCの信念だったのである。だからまったく恐怖心などなかった。たいした度胸といえた。数えきれない部屋がどこまでもつづいていた。そのひとつひとつを開けてまわったつもりだ。ということは石鹸水の入ったコップとストローが見つかるのも時間の問題である。むろんそういうコップとストローがあればシャボン玉をあきずにずっととばすのもCの信念といえた。

触れるとシャボン玉は音もたてずに割れた。つぎつぎと飛んでくる。どこからなのか見当がつかなかった。ずっと先の曲がり角からあるいは塀のむこう側から飛んでくるようでもあった。寄り道をしないようにといわれていたのだがもちろんDはそんなことすっかり忘れていた。かけよって曲がり角からそっと顔を出してみたがだれもいなかった。ただシャボン玉だけが残されてボンネットとか電信柱とかにぶつかって消えた。Dは塀をよじのぼろうとした。立派な煉瓦でさすがのDものぼりきることができず顔を出すのがやっとだった。スカートがめくれても気にしなかった。目の前に大きな窓があってわずかに開いていた。そこからシャボン玉がぷかりぷかりとゆっくりと飛んでくるのが見えた。窓にむかって声をかけたが返事はなかった。ガラスの窓に反射してDの顔が見えるだけだった。シャボン玉もっと飛ばして。そういおうとして声はでなかった。腕がいたくて限界だったのだ。しりもちついたDがたったひとつのそれを見すごさなかったのはちょうど手のひらにおりてきたから。手のひらについたら消えてしまうはずだがなぜかこのまま消えないように思えた。そんなはずはないのだがそう信じたのだ。

Aは背伸びしてちょうど届くお屋敷のかたちをしたその赤い郵便受を開けた。もうちょっと爪先立ちになってがさごそ中の手紙の束を取り出した。バケツをひっくりかえしてしゃがみこんでびりびり破り一通ずつ読んでいく。クレジット会社からの案内や定期購読している雑誌といった印刷されたものに比べれば圧倒的に私信の割合は少なかった。もはや手書きで宛て先が書かれた封書やはがきが舞い込んでいればそれだけでAは自分にむけて書かれたのではないにせよ幸福な気分にひたることができた。その日の後半を占う重要な儀式でもあったわけだ。もっとも手書きの便せんに目を落としたところでAは完全には読めなかった。ふむふむと大きく首をふっていかにも理解している格好だけはする。いったん出した便せんをもとどおりにしまうことすらちゃんとできなかった。それでも家に持って帰ることまではせず洋風のお屋敷のかたちをした郵便受に放り込んでフタをしめて家に帰った。めずらしいことにある日Aにもすっかり読める封書があった。腰かけていたバケツからひっくりかえってしまったその訳はそれが隣国の大統領からの書簡であり重大な相談ごとがあるから総理大臣にないしょで一刻も早く面会したいという内容だったせいである。漢字の少ない乱れた筆跡が奇妙な臨場感となってAに伝わってきた。それからというもの学校が終わるとその家まで走って息も整わぬうちに背伸びした。同い年くらいの女の子が角からじっと見ていたりしたが気にしなかった。とうとう消印に冥王星とある封書が届きびりびり破くとすぐに攻め込むし命はないといった内容でAは真っ青になって早く知らせなくちゃここの家の人食べられちゃうと自分が開封したこともかまわずはじめてその家の玄関まで走って泣きながら扉をたたいた。

Bはその日ずっとそわそわしていた。ちゃんと切手も貼った。ちょっと迷ったが母親の香水を借りてひとふきしたりもした。思いのたけを書いたし結果はどうあれ返事だけは下さいと度胸のあるところを最後に大きな字でつけくわえた。かえってそれがよくない印象をもたらしたのかもしれないと夕食のときに後悔した。そわそわして食事ものどを通らずどこいくのご飯の途中でとの声を背中に聞きながら投函したポストに走ってももう回収された後だった。手紙を書いたこと自体がはずかしいことに思えてきた。封を切って読み鼻でわらってごみ箱へ投げ込む姿を想像してあわてて首をふった。僕もおなじ気持ちだというお返事を万が一くれたとして結婚を承諾してくれたとしてでも共通の話題をさがすのがたいへんかもしれなかった。自分が背伸びをするのはいいとして相手には子供あつかいしてほしくなかった。もういったいどこへいってたのと怒られながら箸をふたたび手にし料理だってよく考えたらできないしとBはしみじみ思ったものだ。ベッドに入っても眠れなかった。やはり手紙は取り返そう。配達されるのを待ってそっと抜き取ろう。パソコンで配達日が翌日だということを調べたり遅くまでかかって着て行く服とかえらんでいたら急にまぶたが重くなってすやすや眠り夏休み最後のその日は昼すぎに起きた。

そこに彼女を泣かすだれかがいていままさにゲンコツをくらわせているとかひどいことをいっているとかなら別だがそういうだれも認められなかった。彼女はひとりだった。すくなくともCには彼女の手もとしか見えなかった。葉っぱを見ればあるいは遠くのデパートのバルーンがかたむいてなびいているのを見れば風があるのはわかる。そこはバス停のベンチだったが本当にバスを待っているのか疑問だった。むろんCに正確なところがわかるはずなかった。砂ボコリで目をこすっているのではなく何かもっと別の理由で涙が出てくるのかもしれなかった。もしCが歩けたら風は思った以上に強くひんやりしていると感じることができたはずだ。窓を開けるといまにもCの顔に紙が貼りついてきそうなほど強い風なのだ。もし窓が開いていたら彼女の膝の上から風に乗った何枚もの便せんが飛びこんできてCは床に落ちたそれをひろってもらって読むことができたかもしれなかった。そして泣いている訳を知ることができたかもしれなかった。そんなことはありえそうになかったがもし窓を開けることができたなら彼女にどうして泣いているんですかと声をかけることができたはずだった。

Dは就職する年齢にはずいぶん早かったが立派な郵便屋さんとしての役目をその日果たした。母国語たる日本語はまだたどたどしかったしそもそも自分で手紙をしたためることすらかなわなかったがその仕事は一目置かれてしかるべきだった。ただ当のD本人に配達の自覚がなかったのはかえすがえすも残念なことである。勝手に階段をのぼりだしたDにその小さな四つ折にした紙の記憶は五分と残らなかった。その紙をどこから持ち出してどこに置いたのかということも当然のことながら記憶されなかった。また受取人も差出人もそろってこの小さな郵便屋さんの存在に気づかなかった。したがって受取人はその四つに折ったピンク色の紙が昨日からカバンに入っていて自分が気づかなかっただけのように思ったし差出人は翌日登校途中にそっとうしろから手をにぎられてびっくりしたのである。

だまってすわってひざをかかえている。顔にキズがいっぱいできている。ところどころ血がにじんで黒くなっている。顔だけではなく足だって腕だってすりむいている。半ズボンをはたくとまだ砂やらホコリやら小石やら落ちてくるほどだ。なぜかトノサマバッタの脚がくせっ毛にからまっていて靴下はかたっぽなかった。でもAは泣いてなんかいない。爪には土がこびりついている。本を読んでいないことはさっきからずっと一ページもめくってないことからあきらかだった。じっとりと汗が浮かんで流れる。せめて手ぐらいは洗うべきだ。まだ日は落ちてないのにカーテンを閉めきって部屋のなかはうす暗かった。顔を両手でごしごしぬぐう。本当に泣いてなんかいないのだ。階下で電話が鳴って留守番電話に切り替わる。Aの名が呼ばれる。いないのと問いかけているのである。不安そうな声でもう一度くりかえしている。それでもAは返事をしない。受話器もとらなかった。いないんならもうすこしぼくさがしてみるといって切れた。Aはそれを聞いている。階段をなかばまでおりてきているのだから聞こえていたはずである。もう一度電話が鳴ってふきこまれたセリフはごめんねとひとことだけだった。さっきとおなじ声だ。Aがそこにいると思ってふきこんだのかもしれなかった。

今日にかぎってBはおやつをことわった。すわったもののすました顔でけっこうですといったのである。弟がすぐに手をのばしたが父親によってその手はただちにはたかれた。父親はこういうのははじめてのことでおなかが痛いのかと心配した。そうではないとBは首をふって立ち上がる。じつはおなかもすこし痛かったのだがそれは別にいまはじまったことでなしBは自分の部屋にもどったのだった。うしろ手で扉を閉めたその表情がなにやら複雑だったのが印象的である。どうしてあんなことをいってしまったのかわからないと顔に書いてある。昨日だって一昨日だっていつもとかわらなかったのにと戸惑いのようなものがうかがえる。

まるで自分ではないみたいというわけだ。扉を背にしたまま時計を見上げた。あんなことをいうとは五分前まで想像もしなかった。廊下から声が聞こえてあわててBは椅子に腰かけて勉強机にむかった。教科書もノートもひろげてなかったけれどうしろから見るとまるで宿題をやっているように見えた。父親が扉のむこうからキャッチボールでもしようじゃないかと声をかけた。いつもの自分にもどるまたとない機会である。にもかかわらずまたしてもけっこうですといってしまったのである。

もうやめるとひとりがいいだすと別のひとりがおれもといった。じゃあぼくもとそれにつづく。日が暮れてボールが見えないのだ。しかしまだやれるとCはいいはる。もとのポジションへもどれといって自身もまたマウンドにむかった。まだやれるじゃないかとCが両手をひろげる。Cはふりかぶってボールを投げる。ストライクだ。そうこぶしをあげてみせるけれども打者もいなければ捕手もいない。Cはしばらくぼうぜんとみんなのほうを見ている。みんながCを見ているのかはわからなかった。やはり自転車のところに集まって帰りじたくをしているのかもしれない。それほどもう周囲は暗いのである。Cはまだまだやれるといいはってボールをさがす。汗が冷たくわき腹に流れくしゃみが出る。この日だけがとかく特別というわけではなかった。昨日だって一昨日だって最後までねばるのはいつもCだ。まだやれるのにと説得しているあいだにもどんどんどんどん暗くなっていった。時間は巻き戻らないのだと痛感したがくやしくてしかたないのだ。

Dがいなくなった。玄関にサンダルが残されていたが姿はどこかに消えてしまった。その代わりというわけではないのだろうが母親の大事にしている手鏡が本来あるはずのない洗面台の下から見つかった。扉を開けたらキラキラ反射したのである。手にとってみると蜘蛛の巣のようにひび割れている。洗面台にぶつけて割ってしまって隠したのがここなのか。むろん詳細はDのみぞ知ることである。そのDがいないのだ。Dはエレベーターに乗ることができた。屋上であわやという場面も一度や二度ではなかった。自転車が一台なくなっている。Dはまだ自転車には乗れないからこれはDの母親が使っているのである。早く見つけなければという思いが伝わってくる。まだ日は高いのに早々と洗濯物がどの階のベランダからもとりこまれているのはいまにも降り出しそうだからである。案の定しばらくして横なぐりの雨になった。遠くで雷も鳴っている。いうまでもないことだが洗濯物がだいなしになるよりDを見つけることが先決である。このような悪天候ならばなおさらである。しかしそれにしてもいったいどこにいったのか。ほうぼうをさがしても見つからなかった。だがおどろいたことに母親がしょうすいしきってもどると洗濯物がとりこんであったのである。たたみかたはなっていなかったが。

休み時間に校庭に一番乗りするのはいつもAだ。陣地を手に入れるためだがきわどい場面もしばしばありそのときはむろんとっくみあいとなる。馬乗りになったときの顔がもっともおそろしいと被害者らは口をそろえる。Aは口も達者だが手も早いのだ。いつもどこかに絆創膏を貼っている。下校のときは走って帰る。もちろん男子のだれもそれについていくことができない。急用があるわけでもないのになぜ走るのかと問えばすこし照れくさそうにたのしいからと答える。それでも当然のことながら家に帰りつくまでのあいだに何度か立ち止まることがある。信号が赤になったり近所のおばあさんに声をかけられたり飛行機雲が山のずっとむこうにまでのびていたりするときである。もっとも赤でも飛び出すことはままあったし戸棚の修理を手伝ったあとにいっしょにこたつに入っておしゃべりすることもある。飛行機雲を追いかけて家からどんどんはなれてしまうことだって一度や二度ではなかった。そんなAがなんにもない道ばたでずっとしゃがんでいることがあった。おなかでも痛いのかと思って上からのぞくとすぐに背中に何かを隠した。花をつんでいたとわかったのは白い花を耳の上にさしたままだったから。

最初Bはことわられた。もう大きいのに肩車なんておかしいといわれたのである。それに対して自分はまだそれほど大きくないと抗議した。こないだはやってくれたと詰め寄った。今日にかぎってやってくれないなんておかしいとせまるのである。Bのいっていることには多少事実と異なる点があった。というのは今年に入ってかなり身長がのびたからである。それは当人がもっともよく知っているのだがそれでも強情にこないだもその前もその前の前もいつだって肩車をやってくれたといって聞かなかった。そういわれると返す言葉もなかなか見つからないのだった。結果はご覧のとおりである。Bは満面の笑みをうかべて町並みをながめていた。ふだん見慣れた風景がすこしだけちがって見えるのがうれしかった。大人の仲間入りをしたような気分にひたることができたのだった。もうすこし速く歩いてと耳をひっぱった。背中のほうへお尻が落ちるとそのたびにって怒られてもやめなかった。もじゃもじゃの髪の毛をいじ父親の首がしまる。Bのポケットから何か落ちたみたいだ。ひろってとずっとあとわざとだいぶたってから命令する。無視すると足をバタバタさせる。じゃあ降りろとしゃがもうとするとまた耳をひっぱる。目隠しをする。鼻の穴に指をつっこむ。よせよせといっても離さない。ふり落とされまいとさらに力を込める。どうか車がこないようにと祈るばかりだ。

同世代の者のなかでCは比較的経験豊富であるといえる。それは本人も自覚しているところだった。Cには夏休みが五回訪れた。そのすべてで川遊びをしていつも真っ黒に日焼けするのがCの自慢だった。魚のようにかならず深いところまでもぐった。これも自慢だった。なにしろCの友人たちには顔をつけることさえできないと公言する者もすくなくなかったからである。なかにはお風呂で髪を洗うのもひとりでできないと述べる輩もいてCはますます自信をふかめたのだった。ひるがえって日常生活においても多くの経験をしたとCは思う。これはみずから求めたことではないのだがひとところに定住するのではなく気候の異なる地域を転々とした。小学校にあがってからだけでも四回も引っ越したのである。だからさまざまな文化にふれることができたしいくつもの方言をCは使い分けることができた。手紙の交換も途切れることがなかった。たくさんのプレゼントももらいそれは枕元にかざってある。手紙を読んでもらいながらいつも思うのは自分が転校せずにその学校に残っていたらいまごろどうしているだろうということだった。ときに想像は過去から現在そして現在を追い抜き中学になり高校になって成人をむかえるところまですすむのだった。

何か聞いてくれれば答える用意がDにはある。だが問いかけはといえばもっぱらおんなじことのくりかえし。おしりを見られることにもすっかり慣れてしまったほどだ。むろんおなかがすいたのかだのおしっこしたいのかだのといった問いが場違いであると主張したいのではない。おしっこしたのかと問い詰められればイエスと答えるしかないのだがもっとほかにも聞くべきことがあるだろうにとDは思うのである。ときに率直にあなたはどこからきたのと問われることもあるがそれは本当にまれなことだった。Dは手足を使って雄弁に自分がどこからきたのかということについて語るのだがむろん一日や二日で済むほどことは単純ではない。だがその二人はといえばそれが若さということなのだろうがしんぼうすることなくもう次の日には自分らの問いかけをあっさり手放しおなかがすいたのとかおしっこしたのとかそういった問いにすりかえてしまう。Dは無念のあまり夜となく昼となくなきじゃくったものである。とはいえじつはDにしたところで人のことをいえた立場にはなかった。そう遠くないうちにパパとかまんまとか答えるだけになってしまうからだ。

Aがその場を動かない。訳を聞いても答えない。ゼンマイの切れたオモチャのようである。どっかと腰をおろして腕組みする。目を閉じている。熱があるのかと母親はおでこに手をあてるがどうもそうではなさそうだ。そのままピンとはじく。くすぐったそうにするがすぐにへの字に曲げる。困ったものである。平日でありテーブルの上の時計を確認すればだれにもそれがあきらかに登校拒否であるとわかる。夫に相談しようと思うがあわてずこちらから押し付けずにまずは受け入れそっとしておく。そう思って受話器を置く。日常に支障をきたすといっても邪魔でテレビが見られない程度である。実害というほどのことはない。若い母親にはそのうちAの顔を見てあくびをするほどの余裕がでてきた。根競べの様相である。それにしてもどうしてまるで動かないのか。何かいやなことがあったのだろうかとあらためて問いかけてみるがむろん応答なし。宿題をやってなくていきたくないとかそういう類のことでもないのはランドセルの中身を検分することによって確かめられた。学校に電話するぞと脅迫してみたところで動じない。そもそも電話番号が記されたものがひとつも見あたらない。どうやら周到にこれは計画されていたようである。しかしいったい何がしたいのかと思っているとこれまた壊れたオモチャよろしくわらいだす。前歯はおととい抜け落ちていまは屋根の上だ。ようやく母親は自分の携帯電話を奪いかえして時間を確認する。テーブルの時計と見比べる。そのころにはAは玄関から飛び出している。

むこうへいってってとBは押し返す。自分で見つけるからと訴える。そして襖をピッタリと閉める。椅子もひきずってきた。絶対に入れないようにするためだ。それで効果があるとはとても思えず事実あっさり襖は開いてしまうのだった。にもかかわらずこの部屋に入ることがかなわなかったのは足の踏み場がないからである。踏み込んだが最後そのままの状態でしばらく突っ立っていることになる。その隙にBは母親をまたおしかえした。自分で見つけるんだから。そういって音をたててピシャリと閉じる。さらに別の椅子をひきずってきた。そんなことしてないで足もとをよくさがせばいいのに。案の定というべきかBはいきおいよく踏んづけて割ってしまう。おそるおそる持ち上げる。そしてうつむいたまま動かない。魔法の世界だったら時間が巻き戻るのにとそんな表情である。だまって借りなければよかったと後悔している顔である。どこへ隠そうか思案しているようにも読み取れる。いくつもの顔がそこにある。

Cが大またで一歩また一歩と大地をふみしめている。みみずをふんだが気づかない。これからのことにあたまがいっぱいなのである。絶対ふりむかないつもりだ。赤信号でも止まらなかった。膝をすりむいたけれどもはたかなかった。背をのばして前を見すえた。雨天決行なのだ。むろんその強い意志をさまたげる要因は多々あった。まず水たまりである。これがCの視界に次から次へと現われる。このゆうわくに打ち勝つのはじつにたいへんだった。坂道や雨どいから勢いよく流れる水もあなどれなかった。あわや回れ右して葉っぱを追っていくところだった。雨はやんだが顔がぬれていた。小銭はにぎったままだったが傘がなくなっていた。父親の声を背後に聞いたそこがCにとってのいちばん遠いところというわけだ。

残された時間はそれほどたくさんではなかった。あとわずかといえた。だが手をさしのべようとしても本人はこばむにちがいなかった。そんなことないというふうによそおっているがDはまちがいなく迷子だ。ちがいますとそう主張してダッとその場をかけだすのが目に見えるようである。昼間はそれでいい。夕方もまだがまんできた。でもDにまったく関係なく影はのびていった。手には小銭がにぎられたままだ。それはおつりであるはずだがではそれならいったい何のおつりなのか。むろんその問いに答える余裕はDにはなかった。足にからまった何かみたいに影をひきずって走った。その影がところどころでごくたまにしか現われなくなった。もう限界なのだ。Dは灯りのついた家のなかに入った。Dの家じゃないのだがとにかく入ったのだ。

しびれをきらしたようにどことなく投げやりないくつかの声がAの名を連呼する。でてこいというのである。Aは返事をしない。見つかってないというのがAの無言の主張だ。だがすでにAは完全に包囲されている。だれの目にもそれはあきらかである。もう五分前からずっとこうちゃく状態だ。そこにいるのはわかってるんだと一人がいった。でてこいともう一人がくりかえした。せいのでフタに手がかけられた。それでもなかなか持ち上がらなかったのはAがふんばって全体重をかけて内側からひっぱっていたからである。むこうはみんなで力をあわせてだからAはもうちょっとで日の光りを浴びるところだった。本当はじつはすこしフタが開いて麦藁帽子がちらっと見えたのだがムカデだかヤスデだかがとびだしてきてわっとそろって手をあげてのけぞってその隙にまたフタが閉まった。そのとき敵の一人の指をはさんでしまったらしくみじかい悲鳴がさらにかぶさったがそのまま力はゆるめなかった。悪いとは思ったがこっちも必死なのだ。

今日は家でお留守番だ。だがBはさっきからだれかに見られているような気がしてならなかった。そわそわ落ちつかないで扉を開けて階段の下を見る。何の音もしなかった。弟は外へあそびにいったのだからBだけなのは当たり前だ。それはいうまでもないことでわかりきっていた。そんなことをしているあいだに一ページでも先へとすすめるべきである。まとめてペン入れをするめったにない機会なのだ。こうして部屋じゅうにところせましと原稿がならべられていくのはまことに圧巻である。たいしたものだ。これだけ描けるのだから人の目なんかこんりんざい気にしないことだ。Bもそれは十分わかっているのである。カーテンをひくのはもうすぐ日が暮れるからと自分にいいきかせた。少し早いという向きもあるかもしれないが気づくと真っ暗なんてよくあることだから。ずっとおなじではいられないんだから。Bの気持ちもずっとおなじではいられなかった。親が部屋に入ってこようとするとやっぱりちょっといって押し返した。ついさっきたしかに一瞬芽生えたはずのかんような気持ちはどっかへいってしまった。ちょっと待っててと扉を閉めた。そしてひきだしに鍵をかけた。その鍵を別の箱に入れてそこにも鍵をかける徹底ぶりだ。だからBの原稿をだれも見たことがない。

まったくようしゃなくコーヒー牛乳は服にしみをつくった。自主的にそれはなされたというのがCの主張だ。コーヒー牛乳がとびだしてきたというのだ。フタを開けたらおそいかかってきたという。あわてて閉じたが間に合わなかったという。それでこうなってしまったのだと両手をひろげるのである。失笑を買うが動じない。こっちといって手をひっぱる。カーテンをめくってみせる。ひきだしを全部開けてみせる。なるほどたしかにCの服とおなじ事態になっている。Cいわくコーヒー牛乳はいたるところにしみをつくりながら病院内を移動しているそうである。おどろいたことにCに異論をはさむものはひとりもなかった。むしろその説明を支持するという。そして早急に対応策を練るといい残しその場を去ったことはかえってCを不安にさせた。しかしそれも五分ともたず自分の役者としての力量のたまものであると同室の者らにたいそう自慢したのだった。ただ翌日からコーヒー牛乳が出ることがなかったのはまたしてもCを不安にさせた。売店からも消えている。どうしてなのかと問うと部屋の外へ連れていかれる。こっちにもあるというのである。そしてあっちにも。あっちこっちにコーヒー牛乳と思われるしみがあった。それはCの手になるものではなかった。そもそもCの背がとどかぬような場所だった。やはり地球外生命体だろうと聞こえてくる。まちがいないとも聞こえてくる。先頭に立ってぜひたたかってくれと背中を押される。Cはそこで震え上がる。

おさがりは何といっても自分の好みでない場合がしばしばだ。ましてやそれが性別の異なる兄からのものであれば新たな購入を主張するのはむしろ正当な権利ともいえた。にもかかわらずDは兄さんからのおさがりをなんら不平をもらすことなく着るのだった。友達などはかわいそうと同情の声を寄せたほどである。相談してDを呼び出し戸惑うDに持ち寄った彼女らの服を着せたこともあった。鏡を見てと背中を押された。ちょうどそこの友達の父親が書斎から降りてきておやかわいいじゃないかと絶賛したのでさらに歓声があがったそうである。そのときの写真はのこってなかった。Dがどんな格好をしたのか再現できないのがなんとも残念である。兄の年齢をこえてしまってもDは男物の服を自分で買って着ていた。それがもうふつうだったのだ。だから部屋にぬぎすててあるのを見るとまるでずっと兄が生きていてぼく平気だよと柱の陰から顔を出すような気がしたものだ。

服をぬごうとして首のところでつっかえて前が見えないばんざいした状態でＡが家のなかを歩いている。非常に危険な状態だがＡは返事をしない。着替えてるんだからというのがＡの無言の主張だからだ。ちょっと邪魔だから声かけないでというわけだ。だが麦藁帽子をかぶるのは着替えが終わってからにすべきではないか。もちろん聞く耳をもつＡではない。とにかく早いところ着替えなければとやっきになっている。こんな服じゃみんなとあそべないからというのである。壁にぶつかって方向転換する。これで四度めだ。歩けば歩くほど階段に近づくことになる。万事休すである。大事に至らなかったのはあと一歩のところで母親が抱きとめたから。これで絶好の機会を逃したわけだ。Ａはあきらめて外で着替えることにして着替えを詰めていってきますとさも買ってもらったばっかりのこの服で外へ出られてうれしいというような笑顔で出て行った。ヒラヒラと足にまとわりついて走りにくかった。だから早く着替えなきゃと思っていたのだ。電信柱の陰で服を脱いでいったがそのときも前が見えないばんざいしたかっこうになった。だから着替えてから麦藁帽子をかぶるべきなのだ。

手をあげろと背後からいわれる。Ｂは鉛筆をおいていわれたとおりにする。ふだんなら首根っこひっつかまえてお尻をたたくところである。それがどうしたことか今日にかぎっていうなりになっている。まずまちがいなく水鉄砲をもってかまえている。背中のＴシャツに感じた冷たさからそれがわかる。お出かけはどうしたのかときわめて慎重に語りかけるがだまってろと制される。ふりむくことも禁じられた。膝小僧がちらっと見えただけだ。踏まないでねと優しく声をかけようとするとグイッと背中に強く押しつけてくる。Ｂはしかたなくまた正面を見る。おそらく父親はまだデパートだ。弟だけすぐ帰ってきたのだ。自分の用事を優先してもらわないと気がすまない。そして自分が買ってもらったら帰ろう帰ろう帰ろう帰ろうってばとうるさくいったにちがいなかった。これまで何度目にしたかしれない。そのたびにＢがしかたなしに連れて帰ったものである。今日はそれならどうやってひとりで家までたどりついたのか。たずねてみるが返事がなかった。一歩二歩あとずさりしたようだ。もうすぐお兄さんになるんだもんねと気をひいてみようとしても反応がなかった。遊び相手ができてよかったねといっても何も返事をよこさなかった。Ｂは両手をあげたままふりかえる。扉が開けっ放しになっている。

Ｃの脱走計画は早くもとんざしかけていた。蛍光灯に膝小僧を照らされてあわてて背中をくっつけた。ここじゃないようだと扉が閉じられ真っ暗になった。ほっと胸をなでおろした。しかしほどなくしてふたたびＣの名前が廊下にひびく。心臓の音が聞こえてしまうのではないかと心配になるほどどきどきする。でてこいというのである。そこにいるのはわかってるんだというのである。おどかしてわるかったと謝罪する内容もまじっているがむろんＣは信用しない。こわがらせて悪かったというがＣは許さない。外に出られないのならずっとここにいるまでだ。もし見つかったらそのときはたたかう。一人でも断固たたかってみせる。絶対にやっつけてやる。膝を抱えて闘志を燃やしている。おいやっぱりここにいたぞと蛍光灯の光を全身に浴びたのはいつもならとうに眠っている時刻のこと。コーヒー牛乳みたいにＣはとびかかった。

あれをやってみたいとテレビを指さした。Ｄの興味をひくとは思えなかったから意外だったが積極的になるのは願ってもないことだ。できればかなえてやりたいが映っているのは一人の高齢の漁師が腰まで川につかって両岸にわたした網で魚を文字通り一網打尽にしているところだった。とうていこのようなことをわれわれがやることはまずありえないと若い父親には思われたがここは慎重にはやく元気になっていまのとおなじことをお父さんとやってみようじゃないかとDに声をかける。ほんとと目を輝かせる。本当なら飛び上がってよろこぶところである。ホントだともと父親はこたえる。しかしDがやってみたいというのは魚だった。たった一匹だけだが網からこぼれ落ちとびはねてにげていったのがいたのだ。

ふと視界がさえぎられた。いままでしてたしりとりをやめて急に黙り込んだ。うつむいて何かごそごそやっている。急に立ち上がった。手には物差し目にはサングラス。あぶないからすわってなさいという運転席の父親の声も聞こえない様子だ。海にもぐっているつもりなのだと母親が説明する。Ａの影が何度も二人にかぶさっていく。ゆっくりと後部座席に移動するがよろけて父の肩につかまる。じっとしてろと怒られる。いつもこうなのかとあきれたふうだ。母親が手をのばしてほらこっちへいらっしゃいというがＡは物差しで攻撃する。サングラスがずり落ちる。はしゃいで見せてるのよねという。だきよせられるがすりぬけていそいで助手席に撤退する。紙飛行機やらティッシュの箱やらぬいぐるみやらキャラメルやらキャラメルの箱やらキャラメルのなめ途中のやらが後部座席に雨あられと降ってくるがそれもやがてしなくなった。父親が片手をのばしてさぐってみるとＡのマツゲがぬれていた。泣いてないとＡは小声で主張する。暗いのがこわいのかとあたまをなでるとこわくないという。声はもっとちっちゃくなっている。さらに小さな声で何かいったようだったが聞きとれなかった。酔い止めの薬がきいてきたのだ。目をさましたときまだトンネルなのかと思ったらしくまたわっと声をあげる。でもそれはちがう。夕焼けが車内を染めていたのだ。

Ｂが目をつぶって首をのばしていささか緊張した面持ちだ。ツーストライクだからだ。一度離れて素振りをする。憧れの選手のまねである。ここで一打決めれば逆転サヨナラという場面。この一球ですべてが決まる。Bのこれまでの野球人生のなかで一度も遭遇したことのないすごい場面だ。これで評価されればこれからずっとさそってもらえるかもしれない。がぜんはりきるがBがこれまでホームランを打ったという記録はなかった。ホームランどころかヒットを打ったこともないのだった。でもそれはチャンスがなかったからだ。手をひろげてみると豆だらけである。Bはいつもお父さんと練習している。兄のバットを借りて素振りもしている。さそってくれさえすればいつでも準備はできているのだ。だってこっちから申し出ても無視するかからかうかそればっかりだから。少し前まではいっしょにあそんでいたのにきゅうによそよそしくなったようにも思う。だから今回のチャンスはのがしてはならないのだった。そうしてふたたびかまえる。いつまでも投げない。タイムにしちゃながすぎるんじゃないのと腰に手をあて文句をいうと審判役の男子がきょうはもうおわりだなとつぶやく。ボールが見えなくなってるだろというのである。まだ見えるとBは主張する。もうやめようとみんなこっちに走ってくる。だめだめもどってと制してももどらない。あしたになったらあいつがもどってくるじゃないかそしたらわたしさそってもらえないじゃないとBはいったつもりだが声にはでなかった。何より期待されてないのがくやしかった。一発逆転なのに。

脱出計画が失敗に終わった以上Cはおとなしく左腕をさしだすしかなかった。そう思ってみずからそでをまくりあげたのである。歯をくいしばった。この決心がにぶらないうちにさっさとやってほしい。それなのにいっこうに何も起こらずせっかくの決心もにぶって片目を開けると医者がにやりとする。うしろをむくと母親もわらっている。注射なんかじゃないという。しかしCはごまかされない。前にもおなじようなことがあったのである。だまって顔を横にむける。すると耳に何か冷たい器具をつっこまれて声が出てしまう。電車に乗ろうとしてたんですよとこれまた母が余計なことをいう。あっちで待っててと押し返した。だけど椅子はちょっと回転させるだけですぐに医者の正面にむいてしまう。医者は親指を軽くあてて目をのぞきこむ。アッカンベをしたらそのままそのままといわれて喉をのぞきこまれた。体温計をわたされる。あっちで計っておいでと背中を押される。Cは警戒をおこたらない。いつ針が自分にむけられるかと思ってあちこち確認する。ベッドの下ものぞく。ベッドをしきるカーテンがゆれているのでびくっとしたが扇風機のせいだった。わきに体温計をはさむ。こうして片手の自由がきかないうちに針を突き刺すつもりなのかもと思っていつでも反対の手で攻撃できるようにかまえてみる。爪がのびている。Cはまた脱走計画を立て始めた。本当にこないだは泣かされたのである。名前を呼ばれて返事をする。窓が半分開いているのが目に入る。Cがその日ふたたび丸椅子に腰かけたのはもうすっかり暗くなってから。まず膝を消毒して包帯を巻いた。あたまの上に葉っぱがのっていた。爪に土がこびりついていた。いったいどこまでにげたやら。

Dはこれから見る世界のことをたのしみにしていた。バスにゆられていくほどだからよほど遠くだ。これまでいったことがないくらいきっと遠くだ。それは本能に誓ってもいい。Dはおのれの鼻をヒクヒクさせながら心地よい揺れにさそわれて眠くなった。名前が呼ばれたような気がして返事をしてしまう。しかし実際はそれはDの名ではなかったようだ。

はあいと男の子が答えたのだから。別の子供がDに気づいてしきりに何か話しかけてきた。母親らしき女がほんとそっくりねなどという。Dはちょっと不快に思って顔を横にむける。これがバスという乗り物であるとDは理解している。そしてバスが停まるのは信号かバス停であることも承知している。目的地がそのままバス停になっていることもあるしバス停からかなり歩くこともある。優先座席があって車内は禁煙である。運賃は子供は大人の半額。走行中はやむをえず急ブレーキをかけることがある。降りるときにボタンを押すとそこが小さく灯る。なぜこのようなことをDがよく知っているのかというと過去に何度も乗った経験があったからである。まだもっとずっと小さかったからとてもひろく思えた。首をのばせばすこし窓の外が見える。天気もいいしもしかしたらこれはと思う。もしかしてこれって遠足というやつかなと問いかけてみるが返事はなかった。眠っているようである。いやどうも様子がおかしい。眠ってなんかない。これは遠足じゃない。野性の勘がまたDにそう告げる。案の定バスから降りてすぐにベンチに腰を下ろしてしまった。ベンチに腰かけるのはこれからバスに乗る人たちのはずだ。バスから降りたら歩くのがふつうなのだ。だけど日が暮れるまで彼女はそうしていた。バスを何台もやりすごした。Dの目が丸くなって車がゆきかうたびに光った。

立入禁止とかろうじて読めるその字はあきらかにAの筆跡だ。書斎にだれをも立ち入らせないためのこれはAなりの策であろうと思われた。しかしかえってそのことが父親でなくてもその足を止めてしまうことに貢献してしまうとはなんとも皮肉な話である。密室で何が行なわれているかこのたった一枚の粗末な紙でだれであれおおかたの予想がついてしまうのだった。実際扉をそっと押し開けてみればせっせと模型の破片を拾い集めているAの小さな背中を見つけることができる。声をかけてもまったく気づかないことから相当必死になっているとうかがわれる。それもそのはずAのかたわらにあるのが原子力潜水艦であろうとは所有者たる父親でもまずいいあてることが不可能なほどなのである。全長一・

五メートルのその大半が失われている。そしてまったく異なる種類の部品がどこかから調達されくっつけられているのである。扉を開けたのが父親でなくてほんとよかった。父親ならまちがいなく手をあげていたからだ。また母親でなかったのもさいわいだったといえる。Aのことを手伝うとかお母さんにまかせてとかいって腕まくりするにちがいなかったから。それは気持ちだけで十分だ。不器用この上なくさらなる惨事さえ引き起こしかねないのである。それでも祖母に見つかるよりかはいくぶんマシかもしれなかった。おやつだとかなんとか言葉たくみにさそいだしそれに乗ったが最後日没まで解放されないだろう。Aは過去にさかのぼって犯行のすべてを自白することになる。職業柄堂に入ったものである。妹に見つかってもたいへんだ。機密保持の約束をとりつけるためにはこれまでこばみつづけてきたいくつかの交換条件を飲まねばならないのは確実である。二人の兄からは金銭の要求がたびかさなるだろう。たよりにしたいのは祖父だった。話にしか聞いたことがなかったがとても器用で本当に船を作ったことがあるそうだ。だが残念ながら手伝ってやることはできなかった。こうして見守ることしかできなかった。

ある日を境にBはひとりでお風呂に入るようになった。年頃なのだからそれも当然であって父親はバスタオル片手に引き返しながら深く感じ入ったものである。それはさびしくもあったが男手一つでここまで育ててきたのだというよろこびもまたひとしおであったのだ。それにそろそろ限界ではないかと思っていたところでもあっていささかホッとしたというのが正直な感想であった。父親には踏み込めない領域が今後ますます増えていくだろうと思われた。境界線は明確に太く引かれてここはお父さんここからは私というふうにぬり分けられていくのだろうと想像できた。父親としての第二幕がいまここにあがろうとしているのだとかなんとか感慨を込めて妻に電話をかけたのだがしばらくしてBはまた父親と入るようになったのである。父親は湯船に浸かりながらどういうことか訳がわからずどうしてまたと理由を問うがBはべつになんでもないと言葉をにごしてさっさと髪を洗った。それ以上はせんさくできまい。こちらとしてはいままでとおなじに振る舞うしかなかった。時間が巻き戻ったようだ。何かいってやらなければとも思ったがてきとうな文句が浮かばない。下手なことをいってさかなでしてはたまらない。尻もよく洗わんと汚いぞというのが精一杯だ。

いきなり背中に弾があたった。これで四度めだ。これでこの曲がり角までが危険区域と名づける必要があると新たに判明した。仲間とも情報を共有しようとしたがほとんど無関心だった。それもそのはずゲームセンターに寄って繁華街を抜けて帰るからである。そっちのほうが重要だというのである。生真面目に通学路を往復するのはCくらいのものだった。やはりあそこから狙っているのはまちがいないと足もとで撥ねるカラフルなプラスチック製の弾をひろいあげてCは思うのだった。膝小僧にもくっついている。買ってもらったばかりの水鉄砲で日差しをさえぎって見渡してみる。本当は反撃したいのだからこれじゃないのをとねだったのだが駄目だった。せっかく地道にこの危険区域を調査することであの病院のあの窓ではないかと見当をつけることができたのにまことに残念である。犯人の目星もついている。見た目はCとおなじくらいのプラスチック製の弾を込めた銃を所持した男の子であるがそれは仮の姿でじつは地球外生命体である。熱によわくすぐにとけてしまう。コーヒー牛乳によく似た成分でできているためなめるとあまい。コーヒー牛乳がこぼれたしみかと思ってぞうきんをもって近づくととびかかってくる。だから水鉄砲がことのほか威力をもつというのがCのこねた理屈である。おどろいたのはある日を境に繁華街の手前の角を曲がった坂道のところでCの仲間をはじめ多数の被害者がでたことである。Cはすぐに電信柱の陰に身を隠した。ここも危険区域になったと思った。無事に退院したのかなとも思った。

Dは以前テレビで川の両岸に網をわたしてその網につぎつぎと魚がかかるのを見て感心したことがある。天国かどこかの光景であろうかとため息がでたほどだ。するとあの御老人が神様ということになろうが聞けば後継者不足で悩んでいるという。過疎化のすすむ村の現実がそこにある。天国などではないのである。それは多少Dをガッカリさせたが天国でないのなら自分の縄張と地続きであってそこへ近づくためにすこしずつでも移動していこうと決意した次第である。むろんその川がどこなのかはDにはとりたてて当てもなかったけれどもこんな町からはひとまず外へ出なければと決意を固めたのであった。そしてある月曜の朝Dはだれにも告げず旅に出る。あの角を曲がってこちらへ一歩でも踏み込めばそこからは未知なる世界である。しかしDの姿はいつまで待っても見えなかった。Dは電信柱の手前まできていた。網にもぐりこんでひっかかっている。

助手席の窓からAはずっと景色を見ていた。最初は運転席側にいた。目をほそめて外を見ていた。子供らがおでこをくっつけてこっちを見ている。Aは子供のことが嫌いというわけではなかった。こうして見られても別にかまわないのだけれどもそんなに交通量は多くないとはいえあぶない。集団で下校するようにいわれているのか七八人いて背の小さいのがうしろからのぞきこもうとしている。まさか帰れとはいえないからAみずから助手席へひょいと移動したというわけである。窓はどこかを押したら勝手に上へあがっていった。出られなくなったわけだが考えてみれば先週までとちがいいまや身よりもなく帰る場所もないのだった。

それにしばらくじっとしていたら気持ちもだんだん落ちついてきた。違法駐車しているのだがそれはAの責任ではない。しばらく石を投げたりバンパーを蹴ったりしていたもののそれもいつまでもということはない。子供がずっとおなじ場所にいられるはずがない。蚊が耳のあたりでうるさかった。窓のむこうはすぐ金網になっていて植栽があって隙間から町が見下ろせた。もともとAはこの金網をつたって歩いてきて車内へ飛び乗ったのである。あまり目がよくないからAには見えていないのだが大きな川がキラキラ光っている。橋がかかっている。これからドライブになるかと思うとわくわくするのだった。Aはとくにトンネルが好きだった。だけどけっきょくAは助手席の窓から放り出された。Aだけ置いてけぼりだ。非常に残念だ。

じっとBは見つめていた。水たまりを見ていた。小さな水たまりだ。そこに空が小さく映り込んでいる。ひとつふたつ雲が浮かんでいる。ときたまそれが消えた。自転車が通って波がたったのだ。子供が四五人たてつづけに走ってきてサンダルでバシャバシャやる。子供が遠ざかるのと歌声が遠ざかっていくのはおなじことである。Bは自慢の耳でいつまでも聞きつづける。何も映らなくなったのは蒸発してしまったからだ。小さな水たまりだったから。Bがいる場所はちょっとした木陰で風の通り道だった。それにこれだけの高さがあれば子供らにも手がとどかない。Bは変わらずにおなじところをじっと見つめたままだ。ドングリがあってそれを見ていたのだ。さっきまではなかった。いまはある。それがおもしろかった。小さな麦藁帽子をかぶった子供が走ってきた。とてもいそいでいるようである。壁を乗り越えようとするのでBは腰を浮かしたほどである。それでも背が低くてとどかないのであきらめて角を曲がっていってしまった。だけどすぐにもどってきてしゃがんだ。そしてまたいなくなった。ドングリがなくなっていた。

宙に浮いたのは油断していたからだ。冒険はこれで終わりだ。もがいてみたがまるで駄目だ。相手はすでにCよりずいぶん大きくなっているのだ。うらめしそうに曲がり角の電信柱を見る。Cの足が地面につくことはなかった。これまでは弟のように思っていたのにいまじゃCにむかって命令などしてお兄さんぶっている。わきをかかえられて腹がのびた状態である。Cが最高に嫌いな格好でありそれならまだ首をつかんでくれたほうがましというものだ。屈辱以外のなにものでもない。歩くたびにピーピーと音が鳴る。これもわずらわしかった。耳をふさぐこともできないのだ。どうにかしてほしいと訴えたが聞き入れられなかった。

腹ばいになってDは敷地に入った。どうしてこうも他所様の家に入り込むのか。そのたびに母親は詫びなければならない。すっかりなじみにすらなっているがだからこそ申し訳ないという気持ちは日々増すばかりである。四五軒のうちはまだよかったといえる。それがこう町内全体になってしまっては恥ずかしくてならないのである。こんな短期間に皆Dのことその家族のことをよく知るあいだがらになってしまったのだ。現代であればもっとそっけない近所づきあいなのが日常というものではないのか。こうして部屋に通されてはなおさらだ。ほらあそこにとその老婦人はお茶をそそぐ手をとめてDの母親に庭を見るようにとうながした。こちらへお尻をむけて膝小僧をはたいている。あたまの上に葉っぱがのっている。すでにDがさんざん寄り道してきたのはあきらかだった。麦藁帽子はどこかに落としたようである。風で飛んでいってしまったのかもしれない。ちゃんとゴムひもをかけておかなかったからだ。ポシェットもなくなっている。肘に引っかきキズがある。早く消毒して絆創膏を貼るべきだ。

自慢のデジタル式の腕時計をAは見つめていた。かと思うとそわそわとうしろをふりかえっている。何が見えたのかとつぜん走り出した。腕時計を地面に落としてあわててもどって手首にぶらさげた。せめてポケットに入れとけばいいのに。案の定また落としてしまう。このような高級な腕時計がAにはたして必要だろうか。世界時間や標高湿度などまるでちんぷんかんぷんのくせにずいぶん生意気である。Aに必要のないものといえばそのネクタイもそうである。必要がないというかはっきりいって危険だ。走っているから風ではためいているがひっかかったりだれかが故意にひっぱったりでもしたら首がしまってしまう。はやくほどいてやるべきである。それにこの立派な革靴。ぶかぶかなくせに走るから何度もこけて膝をすりむいている。Aがはやく大人になりたいと思っているのはとてもよくわかる。麦藁帽子も小さなポシェットもさっき捨ててきたばかりなのだ。

いい天気だ。白い雲がひとつふたつ遠くに見えるだけだ。だがBは雨よ降れとねがっていた。声に出してないのでだれも気づいていない。ただぼうっと膝をかかえてると思われているはずだ。かけっこしようと下級生からさそわれた。いつもなら気軽に応じるのに今日はことわった。手洗い場で水を飲む。石鹸で手を洗う。鐘が鳴る。Bはその音が鳴り終わらぬうちにもう一度祈るような気持ちで天を仰ぐ。そこはかわらぬ青空である。というか雲がいつのまにかひとつもなくなってしまった。ずっと見ていると首が痛くなる。手を合わせてほんとに祈っている。ほら着替えなくちゃと手をひっぱられる。Bが念じていたのは台風五号のすみやかな北上である。しかし残念ながら昨夜のうちに進路を大幅に変更してしまったのだ。次のやつはまだずっと南だ。したがって高気圧が張り出してご覧のとおりの快晴というわけだ。プールサイドでは気のはやい男子たちが水をかけあっている。Bはその歓声を更衣室で聞いているが表情はまったく最悪といったものである。本当は今日Bは休むべきなのだ。それは正当な行為であって実際に何人か見学している。そこにくわわればいい。全然むずかしいことではなかった。ただそれだけのことがBはできなかった。去年までとおなじでいたかったのだ。

Cの目は開くことがなかった。むろん父親も母親ももう一度Cがこっちを見つめてくれることを願っていた。両親だけでなくそこにつどった全員がそう思っていたにちがいなかった。まだCの友人はそう多くはなかった。両手で数えられるほどだ。だけどその祈りはこれからCが出会うはずであった友人たちの分まで含まれているように思われた。もっといろんな場所でいろんな出会いがあるはずだった。当のCにしてもできることなら目を開けてみんなを安心させたかった。立ち上がってほら平気だよといってみたかった。でもそれはできない相談だった。Cは口もきけなかった。耳も聞こえなかった。だれかがはげしく肩をゆすったのだがそれがだれだかわからなかった。わからなかったどころかそんなふうに肩をはげしくゆすられたことを知ることができなかった。肩をゆすった人物は二人がかりでささえられその場からひきずられるように離れていったがそのことも知ることはなかったのである。昨日借りた本を読み終えることができなかった。明日にひかえた水泳の県大会に参加できなくなった。五分後にはじまるテレビ番組も見ることができない。毎週たのしみにしてたのに。みんなといっしょに過ごすことができなくなった。どれほど時間がたったのかCにはわからなかった。ただ影だけがすこしずつ長くのびていた。影だけがCがみんなといっしょに動く精一杯のことだったのだ。

Dがその要求を飲むわけにはいかないのは当然である。断固突っぱねるつもりだ。だが運転手はここで降りなさいといってDのわきをかかえる。終点の営業所である。ここまで膝の上にのせてやったのだから満足すべきだというわけである。足をパタパタさせたけれども事務所に連れていかれた。そしてDの肩から小さなポシェットをはずした。どこかに電話番号があるだろうからさがしてくれといって職員に渡した。その隙に別の運転手の帽子をかぶってにげだした。かけっこは得意なのだ。まだだれにも負けたことがなかった。それでもすぐにつかまったのは帽子で前が見えなくて壁にぶつかったからである。オレンジジュースの氷をかきまわしながら将来はバスの運転手になると宣言した。免許はもうあるのだとポケットから四つ折りにしてあるそれをひろげてみせた。まあすごいじゃないとだれかがDのうしろからのぞきこんでいった。その場にいた運転手らも平仮名でだが大型二種免許と書いてあることに感心した。だがそういった子供のころの宣言は往々にして撤回されるものだ。あれほど憧れていたものをすっかりわすれてしまうのである。なかにはまったくおぼえてない者もいる。小さいころの自分といまの自分はまるで別人というわけだ。そんなことないというなら世の中にもっとバスが走っているはずだ。

夏ともなれば学校にいく必要もないわけでということはいつも以上にAはやりたいことができるのだった。そこでずいぶんあたまをひねって机にむかったあげく今日ずっと家にいることにすると昼ごはんを食べながら宣言した。午後もまたつづけて勉強をやるのかと思った母親にはひどくほめられたがAは部屋にもどるとさっそく押入れのなかに身を隠したのである。もちろん長丁場になるんだし懐中電灯やうちわなんかも持ってである。気配がしてそっと開けるとおやつをのせた盆を手に机の前で首をかしげている母親が見える。Aは得意になってくすくすわらってしまいそうになりそれをこらえるのに必死だった。やっぱりあの子がずっとじっとしてるはずがないかと何かAがいないことについて納得したような口ぶりで部屋を出ていったのでよっぽど抗議しようかと思った。さすがに日が暮れてもどってこないというのはおかしいともう一度母親は部屋の捜索にかかった。膝小僧に蛍光灯の明かりがあたってあわてて背中を押し付けた。すでに汗びっしょりだ。押入れにでも隠れているんだろうと帰宅した父親の声がすぐ近くで聞こえてさすがに一家の大黒柱だとAはかんねんしたのだがはっきり姿を見られたのにやっぱりここでもないかと扉は閉められた。あわてるのはこんどはAの番である。ごめんなさいといいながら両親にだきつくがまったく反応なし。Aの主張にもかかわらずそのまま交番へ夫婦は足を運びさらに大ごとになって顔写真もとうとう貼りだされた。無事に見つけてもらえるようにと祈るばかりだ。

目をつぶっていたが眠ってなかった。眠れるわけがなかった。何かが近づいてきていたのだ。でっかくてえたいのしれないのがどしんどしんとこっちにやってくる。扉の隙間からチラチラと光がもれているのがわかる。目が光っているのではないかとBは思う。どしんどしんという音がしだいに大きくなってくる。大きくて目が光っているほどなのだから当然Bをむしゃむしゃと食べてしまうにちがいなかった。Bはそこまで考えるとあわててふとんをあたままですっぽりとかぶった。そして逆にすごく小さなものかもしれないではないかとその可能性をさぐってみたのだった。小さなものが自分を大きくみせるために懸命になるのはよくあることである。大きな物を手前に放り投げながらすすんでいるのかもしれない。そうすると小さなものは何匹もいることになる。その小さなものがよってたかってBの寝床まできて四つの角を持ち上げるとえっさえっさと運んで窓から落としてしまうというところにBの想像は行き着いてしまう。父さんと呼びかけてみるが返事がない。やっぱりいっしょのふとんで寝るべきだったのだ。大人ぶってこっちで寝るだなんていわなければよかったのだ。お父さんだってきっとさみしいにちがいない。でもだとするとあれはお父さんということになるんじゃないか。なあんだまったく怖がる心配などなかったのだ。どしんどしんというあの音もお父さんが重いものを前に放り投げながらすすんでいるのだ。

その晩Cはまた目を覚ました。朝はまだずいぶん先だ。夜の世界は昼とはまったくちがうように思えた。それが外であればなおさらだ。手ぶらで自転車にも乗らないで今日とおなじ道順でCは歩いていった。すこしだけ道をそれて雑木林のなかに入った。歩くたびに音がした。また舗装された道に出る。歩道橋から下を見る。今日の午後にこの下をくぐったのだ。黒く大きな車でだ。大型車が通るたびにゆれる。校庭は白く見えた。金網の破れ目は補修されていたが入ることができた。校舎の窓は夜の闇よりも深く暗くしずんでみえた。あたりは蟬がうるさかった。昼間より啼きかたがひどいんじゃないかとCは思う。窓に自分の顔が映る。あたまに葉っぱがのっているのがわかる。おでこをくっつける。どこの窓も鍵がかかっていた。それでもCは入りこんだ。なぜ鍵がかかっているのに入ることができたのかCは不思議だった。家の外へ難なく出られたのも考えてみれば不思議だった。そもそも歩いて外へ出られたのが不思議だった。

後年Dが見たら卒倒しそうな名前の数々だ。ずっと口頭でいいあっていたのだがおしずかにと再三注意された。それがボールペンやら万年筆やらを使うようになった理由である。自分の手帳から一枚やぶったりレシートの裏だったり壁のポスターをちぎったりして思い思いの名を書き出した。交換してはそのたびに新たに名前が書き足された。そろそろじゃないかと時計を見る。一人が立ち上がるとみんな腰を浮かすがいや便所といって廊下の角を曲がる。その若い男はもどってくるとこんなのを見つけたといって紙を差し出した。黒ずみ角が破れている紙である。廊下に落ちていたという。名前がたくさん書いてある。おなじようなことをやってた家族がいたという証拠である。紙を受け取ると年輩の男はだまって眉間に皺を寄せおなじく年輩の婦人はおやまあと首をふり壮年の男はこれはひどいと苦笑いする。これにくらべればうちはマシだというのが若い男を含めた全員の共通見解である。ここにつどっている者は年齢職業こそ様々だったがすべてDの肉親なのだった。けっきょく名前は最終候補にまでいたることなくゴミ箱へ投げ捨てられた。Dの名はともかく明け方にはつどった全員があたらしい名をそれぞれ授かることになった。別室の母を筆頭に祖父になり祖母になり叔父になり父になったのである。

Aがこの町にもどってきたという。砂ボコリをまとって風にとばされた黄色い麦藁帽子が足もとにころがってきてとりあげるとAがかけよってきたという。Aじゃないかとびっくりして声をかけたがあたまだけぺコリとさげて帽子をかかえて去っていったという。Aではないという声もある。たしかにAがこの町にもどってくるなんてありえないことだしそもそも大人になっているはずだ。だがこの日ほうぼうで当時とおなじまだちっちゃなAを見かけたという声があがった。キラキラしたスカートをひるがえして照れくさそうに早足で横切っていったという。車に乗っているAを見たという声もある。路肩に停めたワゴン車の運転席から目を細め外を眺めていたという。むろんAは運転するわけにはいかないから親を待っているのだと思う。熱中症も心配なところだ。お父さんそっくりの格好で歩いているAを見かけた者もいる。家の扉が突然開いてそこからAがとびだしてきてあわやぶつかりそうになったという者もいる。ドラム缶が倒れてそこからAがはいだしてきたという証言もある。かと思えば金網の破れ目から入りこもうとしているお尻を見た者もいるという。Aが学校にいたのは深夜のことだったと主張する者もいたし夏休みのあいだずっと姿を見なかったことを不思議がる向きもあったという。

ひとり静かにBは読書していた。ちょうど読み始めたところだ。Bよりもずっと背の高い本棚の前だ。マンガがたくさんあるところだ。そこで一冊また一冊と手にとって読むのがこの夏のBの日課だった。この町に引っ越してきてよかったとつくづく思ったものである。館内にはたくさん椅子があるしすわってゆっくり読めばいいのにこれがBのくせなのだが立ち読みでそのまま読みつづけていた。このほうが集中できて能率がいいと本人はいうのである。それでつぎつぎと抜き出してはまたもどしていたのだがそんなBがそのときだけどういうわけか一冊抜き取ったあともまだずっと本棚をじっと見ていた。本と本のあいだにできる隙間を見つめていた。反対側でBとおなじように静かに本を読んでいる姿をもう五分以上じっと見ていた。目があったのであわてて本をもとにもどそうとして台から派手に落ちてしまう。本があたりに散乱してしまった。Bのことだからもしかしたらわざとやったのかもしれなかった。だがいささかせっかちすぎたようである。彼の手がさしのべられる前にごめんなさいといって立ち上がってしまったからだ。

何度か転校の経験があってそのたびにCの名は出席簿からいったん消えた。市内を転々としたかと思えば県をまたいで別の出席簿の上に現われたこともあった。長居することはなくしばらくしてまったく異なる書式のなかに現われる。まあたらしいカルテのなかにCの名が記されたのだ。その万年筆の筆跡はなかなかの達筆だったという。その後も落ちつかず何枚ものカルテのあいだをうろうろした。迷子になったのだ。ようやくCの名を見つけることができたのはそれから何年もすぎたある春の午後のこと。しっかりとその名は動かぬよう石に刻まれていたという。

妊娠検査薬をしばし二人はじっと見つめていた。二人とも最初それを体温計だと思っていた。ひとりは持ち前の勘のよさを発揮して体温計にしてはおかしいと指摘した。こないだ体温計を使ったばかりだからその記憶が鮮明だったのである。ではそれならこれははたして何なのかというとさっぱりわからなかった。もうひとりはこれは未来の体温計だと思うと推測した。なかなかいいセンいってるのだが正解とはいいかねた。わかったといってひとりがそれをとりあげようとする。するともうひとりがわたさない。本当はわかってないくせにというのである。手をたかくあげる。彼女のほうが背がたかいのである。何とかもぎとろうとするがまぶしくて目を細める。雲がひとつもない青空である。姉は走り出した。かけっこも速いのだ。母親にだきついた。つづいて妹もだきついた。これはなんなのお母さんとたずねる。これはなんなのですかともうひとりがつづく。むろんそれがなんなのかお母さんにはわかっている。なぜならかつて使用したことがあったからである。そしてお母さんはそのときかすかにDのことを思いだしたのだ。

ここはお父さんこの鼻はおじいちゃんねなどと母の腕のなかをのぞいてもりあがっている。正直なところこのような平和なひとときに水をさすつもりはない。何しろAが主役なのだからそのことに不服はなかった。それは顔にも現われている。わらったわらったとみんなも大喜びだ。だがAの目をよくよく観察するならばそこに一言物申すといった心情を読みとることは可能だと思う。骨格というのは往々にして大胆に変化しとくに鼻など思わぬ隆起を見せるものである。いまの自分と大人になってからの自分とは別人とまではいわないが現時点でだれそれに似ているというのはいささか早計ではないか。それにだれにどこが似てるかどうかなどまだ鏡でみずからの顔を確認していないAにとっては判断のしようがないではないか。さらにもうひとついわせてもらえば区役所に提出したばかりで文句をいうのもなんだが自分の名前があまりにもとっぴなものでこの世でこの名前の者は自分しかいないのではないかというのがAのご機嫌をななめにするのに十分だったのである。むろんこの世に二つとない名前をこそ命名したわけであるがAにしてみれば言葉は悪いが余計なお世話だった。たとえ出会うことがないとしてもこの世界のどこかに自分とおなじ名前で呼ばれているだれかがいつもいることは非常に重要なことであると思えてならなかったのだ。そんなメッセージをこめてAはまとめてオギャーと力強く表現したのだがそのときの表情がお母さんそっくりといわれてみんなわらったのである。

Bがねらわれている。半そでの腕のどっちにも大小二つ真っ赤な跡ができている。ふくらはぎのもあわせると合計八つもだ。ひっかいちゃだめだ。爪には土がまだこびりついていた。でもBしかそこにいないのだからついかいてしまうのである。それでちょっと血が出てしまっているところもある。あたまの上に葉っぱがのっていて蜘蛛の巣のねばねばした糸が首のところにくっついている。すっかり日に焼けているのが半そでをめくるとよくわかる。男の子とまちがわれることもしばしばなのである。膝をかかえてしゃがんでいたのはほんのわずかだったのにお尻もさされたようだ。Bはもう一度お父さんそこにいるよねと問う。しかし返事がなかった。お父さんとくりかえすが結果はおなじだった。いそいでズボンをあげてかけだした。林の外に父親の背中があった。電話で話をしていた。Bはうしろから抱きついた。そして父親のズボンで涙を拭いたのだ。

し残したことがないかというとそれはうそになる。寿命というにはそれはあまりにもみじかすぎた。まだやることがたくさんあったしCができることはまだごくわずかだった。着替えもろくすっぽできないくらいだったんだから。Cの手になるものでこの世に残したといえるものといえば一冊のぬりえ帳くらいだ。青みを帯びた漂白された紙に印刷された太い線の内側をはみでないよう律儀にぬっている。どのページもそうである。独創性があるわけでもなくめくっているうちに正直いって飽きてしまうほどだがそれでも実際にそれを手にしてめくる者にとっては格別の思いがよぎるようであった。玩具や衣服といった大量生産品にすぎないものであってもCが触れたという理由によっていつまでもそこに残された。そこにいると時間が巻き戻るように思えるというのがそのぬりえ帳の鑑賞者の共通見解だった。昔の自分にもどったようだという感想をもつこともあった。二人ともだ。Cの姿をありありと思い浮かべることができた。二人いっぺんにふりむいたこともある。

Dはしょっちゅう外へ出かけた。くりかえし家から外へ出た。顔も洗わずいってきますもいわないであとで怒られたこともあった。潜水艦のプリントされた服を着て潜水艦のまねをして外へ出たこともあった。泣きながらわきめもふらず靴もはかないで外へ出たこともあった。かと思うと靴の紐をむすんでカバンかかえて会社にいくみたいにきどって門を閉めて出ていくこともあった。まだ自転車には乗れなかった。玄関の扉をわずかにそっと開けてあたまだけ出して左右を注意深く見てそれから抜き足差し足忍び足で音をたてずに外へ出ることもあった。尻から無理矢理押し出されてガチャリと鍵をかけられたこともあった。さんざん泣いてあやまってようやく入れてもらえた。女の子がひとりで訪ねてきたこともあった。そのときDは窓からそうっと外へ出た。熱をだして父親にかかえられて外へ出たこともあった。扉を開けたとたん砂ボコリがたってあわてて閉めたこともあった。重たいリュックサックを背負って出たこともあった。長靴はいて雨の日に外へ出かけたこともあった。傘をささずにだ。雨がやんだらやんだで水たまりをバシャバシャやった。雲ひとつない青空の下をずっと走っていくと屋根のむこうに小さな雲が発見できた。おなじ扉から外へ出たがおなじだったことは一日もなかった。ずっと日が暮れなければいいのにとDは思った。そしたらとてもうれしいのにとDはよく思ったものだ。Dは外であそぶのが大好きだったから。元気な子に育っていると親も思った。両親だけでなく祖父も祖母も思ったし叔父も同感だった。近所の人たちもDの顔を見るのがたのしみだった。あの日だけ外へ出なければよかった。

右足を出すとAも右足を出す。階段を降りるとついてくる。居間に入るときふりむくとAもふりむく。つむじが二つある。ヨッコラショと腰を下ろすとAもまねしてドッコラショといって腰を下ろした。男は新聞をひろげる。Aは横で絵本をひらいた。新聞を読もうとするとところどころ切り抜かれている。Aのしわざだ。その切り抜きの穴からAを見るがしらんぷりで熱心に絵本を見ている。もう何べんも見たのについ夢中になってしまいひとりになっていることにまったく気づかなかった。いそいで玄関にむかう。男の横にならんでサンダルを履く。外は雲ひとつない天気である。Aだけ歩くたびに音がする。Aは煙草を吸うことができない。しかし白い息を吐くことはできた。飛行機の音だけがしてさがしても見つからなかった。遅れないようについていく。男はズボンのポケットから硬貨を出してジュースを買った。Aも半ズボンのポケットから取り出した。今月のお小遣いだ。だが残念なことにうまく硬貨を投入することができない。男はさっさといってしまう。Aは泣きそうになる。すると体が宙に浮き無事に買い求めることができた。不思議なこともあるものだ。いそいで男の後をAは追う。家に帰って椅子にすわってジュースを飲む。二人おなじ味だ。そして二人同時にゲップした。

そのバス停でBは降りなかった。こんなのはじめてだ。自分でもおどろいてその顔がトンネルで暗くなった窓の外に映った。自分じゃないみたいだと思ったのにどう見てもそこに映っていたのは自分だった。すぐにうつむいたのはあまり好きじゃないから。トンネルの外に出ると手もとに影が落ちる。スカートの上を這っておなかにあがって首のところまできた。いつものバス停で降りなかった。Bは不安になって周囲を見る。現在の乗客はおじさんとおばさん。うしろをむくとおばあさんがひとり。おばあさんの足もとに緑色のカゴがある。ごとんとゆれると小さくニャと聞こえた。なんで降りなかったと責められているような気持ちになってBはまたうつむく。ずっとうつむいているとお嬢さん気分でも悪いのかと運転手が声をかけてくる。だいじょうぶですといったつもりだがほんとは声に出てない。その首のふり方がとてもおおげさだったのか運転手はわらったがBは気づかなかった。バスが停車してさっき乗ってきたばかりの親子連れが降りる。Bもつられて立ち上がる。スカートにトノサマバッタの脚がついている。降りるのかいといわれてまた首をふる。Bはため息をついて外を見る。うしろへうしろへと景色が流れていく。

やはり木にのぼっていたのだ。足をプラプラさせて紙飛行機を飛ばしていたが全部なくなるとCはポケットのなかのものを投げた。証拠は地面に散らばっている。全部なくなると木からおりた。しがみつくようにそろそろとだ。だれかがCに声をかけたのかもしれない。枝が一本折れてぶらさがっていた。Cのいたところだけ不自然に葉っぱがなくなっていた。屋根のずっとむこうからCの声だけが聞こえた。姿は見えなかったがCはどこかにいるのだ。

Dのおへそを地球だとするとちょうど木星の軌道上に風船がある。午前中まで天井にくっつくように浮いていたのだがいまはこのように畳に触れるか触れないか微妙なところである。テーブルには麦藁帽子がひとつあってそれを土星とみなすことができる。すこしへこんでいる。遠く部屋のすみっこでゴミ箱がたおれているのはボールがあたったせいかもしれない。ゴミ箱をたおして扉にあたってはねかえってボールは天王星の位置までもどってきたのだ。鼻紙が小惑星のごとくちらばっている。昨日ずっとさがしていたビー玉がころがっている。これが海王星というわけだ。Dのすぐ上にある糸で吊るした飾りは金星と水星。くるくるまわっている。カレンダーには大きなひまわりの写真がまるで太陽のようにかがやいている。赤いマジックでしるしのあるところがDの誕生日である。今年は火曜日だ。Dの手がおなかのうえにのって親指がちょうどおへそのとなりだ。爪がのびている。その爪が三日月となってこの小さな太陽系がほぼ完成した。わずか五分しかもたなかった本当に小さな太陽系だ。

かくれるから見ててといって小さな背中はかけだした。木のうしろにまわりこんで姿を消すがすぐに顔をだして父親を見る。こちらを見て手をふっている。さがしてみてという。そういわれても目の前にいるのにどうしたらいいのか。父親は言葉に詰まってしまう。むろんここは演技力がためされるところなのだ。買い物袋がくずれないようにそっとベンチに置く。煙草の吸殻を捨てる。Aに近寄っていくと見せかけて軌道はわずかにそれて父親は公園の出口にむかう。Aの名を呼んでさもさがしているかのようにゆっくりと。Aがくすくす笑うのが聞こえてくる。順調に思えたその軌道だがいつ一線を越えてしまったのか。父親はいそいでかけよってAを抱き上げなければならなかった。しかしAは鼻をすすってもう一度やるからおろせという。Aは自分の黄色い麦藁帽子を父親のあたまにのせると地面におりた。木からおりるときみたいにそろそろとだ。今度はパパがかくれてという。そういったくせにAが走り出した。またのあいだからだ。ふりむいたがAの姿がない。地面ににんじんが落ちている。

パパと結婚するという。日取りも決めたという。いつものことである。だからしばらくのあいだうんうんとうなずいて相手にあわせていればよい。けれども今日はそうゆうちょうにしているわけにはいかなかった。パパは午前中までにやらなければならない急ぎの仕事があるのだ。パパが結婚相手とは光栄だがじゃあママはどうするんだいと問いかけたのはだから難問をふっかけることでBにあきらめてもらおうというこんたんだったのである。当然というべきであるがそんなことでひるむBではなかった。むしろBは待ってましたとばかりに鼻を上にむけて得意そうに近づいてきて書類を差し出したのである。さあ名前を書いてくれとせまる。こないだ見たテレビのまねをしているのである。そこにはBの名前が水色の色鉛筆で記入されている。色鉛筆はいいとしてこの書類ではパパと離婚するということになるわけでわらってしまうのだがパパはといえばBとともに神妙な顔をくずさなかった。なぜこれが我が家にあるのか気になっていたからである。

Cの祈りもむなしくながいながいと思われた列はひとりまたひとりとその先頭から立ち去ってゆきとうとう順番がまわってきてしまった。覚悟を決めるときである。にらみつけて胸を張る。だが白衣の男はまったく動じる気配を見せず椅子にすわりなさいと早口で命じる。うっかり腰を下ろしてしまう。むろん抵抗をやめたわけではない。さっきから口を真一文字にむすんだままなのだ。鼻の穴がふくらんでしまう。もうあんな痛い目にあうのはごめんなのである。背後からわらい声。意気地なしとの声も聞かれる。真に抵抗する者はいつの世にも罵声をあびるものだ。ここがこらえどきなのである。そう思って目を開けると男の手がちょうどのびてきたところだった。鼻をつままれる。あっさり口がひらく。カルテに三か所の虫歯が記録される。
それは鼻だといっても聞こうとしない。泣き出したが無理いうなと父はなだめる。かわりにその手に持たせたのはボールである。しかしDが泣き止む気配はない。むしろさっきより激しく手をふった。ボールを受け止めたのはDの母である。ストライク。母はそういって片目をつむったけれどもやはりDは泣きやまなかった。しかたなくまだ若い父は自らの鼻をDにつかませる。とたんにDは笑顔になった。満面の笑みだ。だがあまりに近すぎてその顔を父は見ることができない。それどころか前がろくに見えないのだった。鼻の穴に思いのほか指が奥まで入る。だからDが吹き飛んだのは自業自得というほかない。今度はだれも受け止めることができなかった。

山場のセリフでつっかえてしまった。も一度いいますといってAはいいなおした。うまくいえたけれども会場からはわらいが。そのときたとえうまくいえたにしてもむしろいいなおしたということが余計だったのだとはじめてさとった。立っていることができずしゃがんでしまう。でもしゃがんでも消えたことにならない。影がちっちゃくなっただけだ。舞台のはしっこに走って消える。だけどこれもやはり本当に消えたことにはならなかった。相手役はその場に立ち尽くしている。横顔が不安そう。がんばって次の台詞をいう。そしてまた次のセリフ。Aのセリフをとばしているのだ。透明人間を相手にしているみたいだ。貝殻を受け取ったことにしてひだひだの服のたもとにそれをしまう。マントをわたしたことにしてその場に置く。観客はあきらかにAの再登場をいまかいまかと待っている。視線がはしっこにたまったままだからだ。もっともこの建物のなかにすでにAはいないけれども。それでもAは消えたことにならないのだけれども。

その次のバス停でもBは降りなかった。手もとに影が落ちる。スカートの上を這っておなかにあがって首のところまできた。くすぐったく思えてわらってしまいそうになる。窓を細く開ける。すると空気が分厚い封筒みたいにほっぺたにあたる。しましまの靴下を膝小僧までひきあげる。父親の背中を蹴って外へ出た足だ。靴を履きなおしてとんとんとんと鳴らす。小石が入っていたのだ。県境をじきに越える。Bはそのつもりでいる。さっきまでそんな予定などなかったのだけど。手もとに影が落ちる。スカートの上を這っておなかにあがって首のところまできた。くすぐったくて目をつぶる。ポケットがふくれている。中身を出そうとしてた指でまぶたをこする。虫が飛んできたのだ。バスが停まるたびに手もとに影が落ちる。スカートの上を這っておなかにあがって首のところまで。とうとうわらってしまった。うしろへうしろへと景色が流れていく。ほっぺたをふくらませた顔がトンネルのあいだだけ目の前に映った。それが消えて日差しに目をほそめてもまだよく知った町並みがつづく。このへんは昨日だって一昨日だって自転車で走った。Bが考えているほど町はせまくなんかないのだ。

便せんが午前に一枚ハガキや切手などをしまっている和菓子の空き箱の中から抜き取られる。泥棒のしわざだ。おなじく午前に一本万年筆が二階の書斎の机の上のペン立てから引き抜かれる。その後返却されていないことからこれもまた泥棒のしわざであると断定できる。その数分後に二本めの万年筆が同書斎から盗まれている。さっきのがインクが入っていなかったのだ。午後は母親とCとで昼ごはんだから泥棒が活動できるとは思われない。どこか見えないところにでも隠れていたのだろうと思われる。母親が食後テーブルの下に落ちている便せんを見つけて拾う。そして字間違えてるといってCに差し出した。だけどCは自分のではない同一視してもらっては困ると否定して受け取ろうとしない。昼寝するのを見届けて母親がふたたび職場にもどる。サンダル履きだ。どうせ職場で履きかえるのである。さて泥棒はといえば堂々とテーブルで執筆を再開したようだ。かたわらにはまあたらしい封筒が二十枚ある。これは泥棒が新たに購入したものだと思われる。というのはテレビの上の貯金箱から小銭がちょうど二十枚入の封筒の値段分消えていたからである。台所の窓から風が執筆中の泥棒の髪の毛をゆらしている。つむじが二つある。あまりに熱中していたため父親が発泡酒を飲んで大きなゲップをひとつするまで気づかなかった。泥棒はびっくりしていそいで椅子から降りるとにげていった。差出人が不明の封筒がとどいたのはその直後のことである。内容は本日Cを誘拐したというものである。さがそうとしても無駄だという。またせっかくさらったのだからようしゃしないという。一生こきつかうという。お二人がケンカなどせずこれまでみたいに仲良くしていれば力をあわせて阻止することができただろうに残念なことだとつけたしてある。その後も何やら書いてあるのだが字がきたなくて読めない。

さっきまでの雨のおかげで砂場はいまベストコンディションだ。またきたかと一人がDに声をかけた。またきたよとDはいったつもりだ。いつもならここでしっしと追い払われるのが常であるのに今日はちがった。有名な大手ゼネコンによる一大事業がくりひろげられていたのである。そこで下っ端にも仕事がまわってきたというわけだ。会話はそれだけでみんなあとはせっせと巨大ピラミッドにトンネルを貫通させる作業にもどった。やがて運河を延長させるという話が持ち上がる。それならトンネルをもう三か所掘ろうじゃないかという意見と対立する。Dは小さな如雨露をかたむけるとかならず自分もいっしょにかたむいた。かたっぽの膝小僧だけ汚れている。だれかが水をかけたらしく別のだれかがやめろってといった。でもそれはすぐにわらい声に変わる。隕石が衝突することもたびたびあった。五年生には文句はいえなかった。おまえいってこいとDがさしむけられる。Dのサンダルをうめているやつがいる。わらってそれを見ているやつがいる。それをあとでほりかえしてやろうと思うやつがいる。

さっきからAは武器を選ぶのに余念がない。声をかけてもまるで無視だ。どれにしようかまよっているのである。テレビのなかで毎週見るのとおなじベルトはこれは唯一まようことなく装着した。気にさわる声や音が出るだけで実際のところテレビのなかとおなじ威力があるはずもない。A所有の数々の武器のなかでもっとも破壊力があるのは鉛の玉だと思われる。小さなAの手でもにぎれるほどの大きさだ。もともと何に使用するものなのかはわからない。しかもかなり重くてAは自由にあやつることができない。したがってこれの使用は現実的ではない。となるとやはり大小さまざまな空気銃ということになるだろうか。しかしながら残念なことにこれらはすべて弾切れであった。弾がなくたって相手をいかくすることくらいできるだろうがもし見せかけだけだと知れたらと考えるととても持っていく気になどなれなかった。支援の要請がふたたびAのもとにとどく。Aはそれに対してすぐいくからと答えた。実際は腕組みしてあぐらをかいたままだ。表情が暗い。部屋の扉が開いていたらしく母親がすぐにかたづけなさいと命令した。しばらく抵抗をこころみたけれどもベルトをとりあげられてしまった。かたづけるまで返さないという。いそいですべてを箱のなかにもどして押入れの襖を閉めた。ベルトをとりもどしたAはさっそく巻きつけて熱心におへそのあたりを操作した。つむじが二つある。Aはこのベルトだけしめて公園へむかった。結果的に武器を持たないという選択をしたのだ。

公園で男子がケンカしているという。ねそべってマンガを読んでいたBのもとにそんな連絡が入った。放っておけばいいと即座に答えた。そしてまたお菓子を口に放りこんだ。放っておけばいいというのはたしかにBのいうとおりである。男子たちがケンカにいたった理由というのがこれがまたつまらぬことなのであった。今日にかぎったことではなくていつもつまらぬのである。しかもケンカにかぎらずBは男子という存在をそもそもつまらぬものと考えていた。うるさいしバカだし不潔だと思っていた。そしてそれはBの観察したかぎりにおいて事実だったのである。もっとも見方によってはまったく異なる評価があることは知っていたがBはそれには与しなかった。そういうときBはうるさくてバカで不潔だという持論を具体例を示して徹底的に主張する。男子というのはBにとっていまもむかしもそういう存在なのだただひとりをのぞいては。どういった心境の変化が今年になってその男子のもとにおとずれたのだろうかとBはあれこれ考えたものである。むろん変化したのはBのほうなのだがそれは本人も気づいていない。Bがすっくと立ち上がったのはその例外的な男子がケンカのいわば主役であるという追加情報を得たからである。そんなはずはない。たしかに彼には何事においても主役が似合うと思うけれどもケンカなんてバカなことはしない。騒々しいことがきらいなのだ。なぜなら窓ぎわで本を読んでいる横顔を見たことがあるからだ。そのときちょっとこっちを見たような気がした。廊下ですれちがったこともある。そのたびにBは立ちつくしてしまうのだいまベッドの上でそうしているように。本を読んでいるところをバカな男子たちがからかったのではないか。だが本をとりあげたもののバカな男子たちは本なんて読まないからどうしたらいいかわからず投げつけたのではないか。その本はとても大切なものだったのではないか。それでやむをえずケンカになったのではないだろうか。かけよって本を拾いあげる自分をBは想像した。目をつぶってBは足もとのマンガをだきしめてみた。

Cが隠れている。公園を出てすぐの電信柱のところだ。見つかったらころされる。そんな表情である。天をあおいでいる。だが同情する必要はまったくない。悪いのはCだからだ。率直に謝罪すべきなのだ。しかしそうするどころかCはすこし離れたところに路上駐車しているワゴン車の陰に身をうつそうとしていた。遠くから不気味な悲鳴が聞こえてきた。仲間のひとりがつかまったのである。助かった。自分でもおどろいたのだがCはそんなふうに思ったのだった。いいわけしたってだめだ。顔にちゃんとそう書いてある。ひとりだけ助かろうというこんたんなのである。現に身動きひとつせず膝をかかえている。このような態度はよくない。ここですよと指をさしたいくらいだ。

そんなことないというふうによそおっているがDはまちがいなく迷子だ。きょろきょろしているわけではないし足どりもしっかりしている。かえってそこのところに無理が感じられるというわけだ。顔がこわばっているのである。保護されるのは時間の問題だと思われた。大きなわたがしを松明のようにかかげて人ごみをさけながら歩いている。目をときおりこすっている。じつはもうかなり眠たいのである。Dががんばって眠いのをこらえているのは自分はすてられたのではあるまいかとそんな思いでいっぱいになっているからだ。たしかにDは我が身をかえりみて長男として褒められたものではないと思う。人前で鼻をほじるし街中であれ買ってくれなきゃだめだと寝転ぶし電車のなかではゲロをはく。ケンカだってする。けれどもこれからはちがう。本当にちがうのだ。その証拠にこうしてちゃんと歩いているし鼻だってほじってない。ゲロもはいてない。ケンカだって一生しないつもりだ。Dは手をあわせたわけではないけれども祈っているのだ。

一年間住んだこの家とおさらばするにあたってひとつ記念になるようなことをしようとAは思いたった。だから本当は忘れものなんかないのに家にひとりもどったのである。がらんとして暗かった。家具がなくて雨戸も全部しめているからだ。ちょっと寒いと感じたようだ。とりはだがたっている。廊下の奥にむかってためしに大声をだしてみたらすごいひびいた。一年前とおなじだ。どうしたと父親が入ってきたので外へ押し返した。そしてチェーンをかけた。外から顔をのぞかせてほんとに忘れものなのかと疑念をはさんできた。それには答えずAは階段をとんとんとのぼっていった。しましまの靴下をはいている。またすぐにとんとんとんとおりてきた。そしてまたとんとんとんとかけあがっていった。わずかな足音も今日にかぎってはおもしろいのだ。二階はずっと明るかった。窓を半分開けて手をふった。父親が煙草を吸ってしかめっつらをしている。とっととおりてこいと顔に書いてある。Aは窓をしめた。部屋の扉もしめてしまった。耳をあてても物音ひとつしない。だからほんとはAは何もしなかったのではないかという推測もこの時点に限っていうなら可能である。けれども車にもどった半ズボンのポケットには小さくなったクレヨンが四本入っていた。指も四色にそまっていた。何かしたにちがいないのだ。

Bがばっさり髪を切ってしまった。鏡のなかの表情は完全にかたまっていた。数秒前には最善に思えた判断がまちがっていたのはもはや疑いようがない。そんな表情である。仕上がり具合からいってひとりで処したのも完全に誤った選択肢だった。しかしまあすぎたものはしかたがない。本人もへいきへいきとほっぺたをぱちぱちたたいた。だが本心はと問えばはやいところ髪がのびてほしいと即答するにちがいなかった。しきりに引っ張るように髪をさわっている。むろん時はBの都合よくすすんだりしない。その晩Bは半分残したところで箸をおいて早々にベッドにもぐりこんだ。似合っているじゃないかという家族の声は逆効果だったのではないか。朝になっていつもは後回しにするくせに洗面所に駆け込んだ。もしかしたらと思ったのである。当然のことながら一夜では何の変化も期待できなかった。おかしなぐあいにはねている。すぐ顔を洗ったので泣いていたのかどうかはわからなくなった。目が赤いのもほんとは眠ってなかったせいかもしれなかった。

あっという間に一年がすぎた。Cがカレンダーをびりびりとやぶいたのだ。枕もとの小さなカレンダーである。上等の紙がこれで十二枚手に入った。すこし迷ったが飛行機を折って窓から飛ばす。ほんとの飛行機みたいに屋根のずっと上を飛んでいく。音はCが後から声で出した。管制塔の役もCが演じた。ここからでは見えないが影だって小さく地面に落ちているのだ。いいなあとCはつぶやいた。ぜひとも一度は飛行機に乗ってみたい。あっという間に一年ぶんの飛行機がCの気持ちを乗せてベッドから飛びたっていった。あるものは車のボンネットの上に着陸した。あるものは水たまりの上に緊急着陸した。あるものはこつんとあたまにあたった。あるものは自転車のかごのなかの買い物袋に入った。にんじんのとなりだ。着陸してすぐにまた離陸したものもあった。Cが見上げている空のどこかをいまも飛んでいるのだ。

その紙をしばらくのあいだじっとながめていたがやがてうわ目づかいにこれはだれが書いたのかと問う。真剣な顔つきである。男はぶしょうひげをなでつけながらニヤッとわらいその指でDの小さな鼻先をつっついた。ちょうど一年前にDが書いたのだというのである。それはありえないとDもまねしてわらう。自分はこんなにょろにょろして意味不明なものは書かないというのである。もっとじょうずだと胸をはる。すると男はだったらここにあらためて書いてみろという。Dは突然白い紙がもう一枚目の前に現われたことにおどろいて腰を浮かせたがそれは男がたんに背後に隠していただけだった。もちろんDはその挑戦を受けてたつことにした。まよったすえ書かれたのはどうやら馬という字だがなぜかその下に自転車の絵を描いてこれがほしいとつづけた。自分の名前を漢字で書く段になってまたうわ目づかいに男を見た。どうだというふうに差し出したけれども事態はむしろいよいよ不利にかたむいたといっていい。最初からそうするつもりだったとでもいうように男はさっきの紙とならべてみせたのである。結果はご覧のとおりである。

Ａはろうそくの火を消す。残念ながら一回で全部は無理だった。もう一度やってみる。今度は消えた。拍手につづいてカーテンがさっと両側にたばねられる。細かなホコリがくるくる浮かんでいるのが見えた。大きな窓が半分開いていてそこからＡは外へ出た。休日の午後のことだ。Ａがふりかえったのはわらい声が聞こえたから。もう窓はずいぶん小さくなった。ぽかぽかしててどんどん高く高くなっていった。下を見ると一もくさんに走っている女の子がいた。誕生会に一人遅れたのである。プレゼントを何にするかまよっていたのである。そんなにいそがないでとＡは声をかけた。ケーキはとってあるからともいってみた。でもＡの声はとどかない。風がさっと吹くだけだ。こけたけれどもまた走り出した。Ａはちょっと背中をおしてあげた。家の前についてもなかなか呼び鈴を押そうとしない。なぜか小さなため息がふうと出た。そのため息にもＡがいた。半分だけ開いた窓からシャボン玉がぷかりぷかりといくつも飛んできたのはだからしばらくたってから。そのシャボン玉のなかにもAがいた。

またの下をくぐるたびにパンツが見えるのでBはそのつど目をつむる。目をつぶるのは耳をすましているからでもある。とてもすてきな歌だとBは思う。単調なリズムしか刻むことのできない自分が残念でならない。彼女みたいに歌がうまくなりたい。苦手意識を克服することが今年の目標なのだ。他方Bが得意なのは運動である。これはむしろおてんばといっていいくらいですでに今年に入って数人の男子の目のまわりに大きなアザをつくった。前歯を折ってしまったこともある。いずれも故意にやったことではないがなんとも申し訳ない気持ちでいっぱいだ。むろんアザはその後きれいに消えたしすこし時間はかかったが前歯だって立派にはえそろった。

黒板に言葉を書きつけながらCはつねにわかりやすくを第一にこころがけてきた。よろこびはいつでもそこにあったし生徒たちがノートにしっかり書きとめてくれることに生きがいといっていいものを感じていたのだ。というのはCじたいはすぐに消される運命にあったから。ノートに生徒それぞれの筆跡となって生まれ変わって記憶に刻まれてともに生きるのが夢であった。そんなふうにひたすらまじめ一本槍のCなのだがときに気ままに旅に出ることがある。ポケットに身を隠して学校の敷地の外に出て地面に絵を描くのである。ふだんは文字以外といえば図形がせいぜいだったがこの日ばかりは怪獣になったり橋になったりスカートをはいたマンガの登場人物になったりした。少々てれくさかったがそれでもたのしかったのだ。

破れ目から校庭に侵入して花だんと中庭をよこぎる。これがいつものDのルートで鶏小屋の前できまって一もんちゃくある。だれもがああきたなと気づく。それが休み時間であったならまだしも授業中となると大人たちはいささか手をやくことになる。子供の何人かがこっそり抜け出してしまうからだ。むろんDに会いにいくのである。なんとか阻止できたとしても安心はできなかった。Dのほうからたずねてくることもあるのである。足跡をくっきり残しながら廊下を歩くのも困りものだがひとつひとつのクラスが順番にわっとわくのが聞こえてきて小テストなんかしていた日には最初からあらためてやりなおしだ。これも学級崩壊といえるだろうか。もっともDはそれほど長居するわけでもなくみんながさわろうと手をのばすのをふりかえるでもなく外へ出ていってしまう。例の破れ目からである。Dがどこへむかうのかはわからない。Dがどこからくるのかもそういえばわからなかった。一度ならず話題になったし何人かはかならず追いかけようとしたがさすがにこれはうまくいかなかった。耳をひっぱられ廊下を上ばきでこすりながら職員室まで連行されたからである。作文でDのことを書く者もすくなくなかった。名前は学年ごとクラスごとにちがっていたからまるで何匹もの犬のように思えたが。

そこはスーパーの一角にある文房具コーナーといった場所にしてはめずらしく三十六色もそろえた大型で高価な水彩色鉛筆セットを販売していた。今年着任した絵心のある店長と計算高い優秀なマネージャーが入荷に踏み切ったものである。いま坊やがその小さな膝の上にのせて中身を検分している。ちょっとでもバランスをくずせばせっかく背丈がそろってとがらせてあるのがことごとく折れてしまうだろう。むろんそれを警戒して成人男性の平均身長の高さにこの商品は並べられていたのであってどうしてこんな坊やが手にすることができたのか店長もしくはパートをふくむ従業員のだれかがもしそこにいたのであればかならず不思議に思うはずである。また店の者にかぎらず良心的な大人が通りかかりさえすれば注意するはずだが死角というのはこうしていつの世にも不意にそれこそ坊やのように現われるものなのであった。まあともかくおかげで坊やは一本一本を思う存分指でほじくって吟味することができたわけである。むろんまだまともに箸も持てない坊やのこと数本の色鉛筆は床に投げ出され完全に芯が折れた状態でもとにもどされたのだった。あとで削ればもとどおりなのだがずいぶん精神的な痛手を受けたようである。それでももとの場所にもどれた者はまだよしといえる。というのは無キズの色鉛筆のうち水色の色鉛筆だけが不意に取り出されたかと思うと坊やの妙にあたたかい右手ににぎられたままもうこの場所へは帰ってこなかったからである。どの色にせよ色鉛筆がこれほど広範囲にわたって店内を移動したのは過去に例がないことである。どこをむいてもはじめて見るものばかり。色とりどりの野菜や魚の光沢がまぶしかった。様々なパッケージのパスタやお菓子に目を奪われた。水色の色鉛筆は自分らが井の中の蛙であったことを痛感したのだった。坊やはといえばこの間しばらく迷子だったようである。お母さんの姿を見つけたのは冷凍食品のコーナーだった。ずっとにぎられていた水色の色鉛筆はここで置いてけぼりとなった。はじめてくしゃみをした。

Cはその日はじめて一冊のぬりえ帳を買ってもらった。本当はキラキラと光るシールがほしかったのだがなかったといわれたのである。本当はあったのだがお父さんの目には映らなかったのだ。そのキラキラと光るシールはCの目の高さにちょうど並べてあったから。お父さんは例の三十六色の色鉛筆を見つけたがそれは手に取らずそこからの連想だろうかこれならたのしみながら色彩感覚を養うことができるにちがいないとぬりえ帳を手にとって購入したのだった。Cは朝枕元に置いてあるぬりえ帳を見てがっかりした顔を隠さなかった。だが礼儀上ありがとうございますとあたまを下げた。つむじが二つある。

そんなCがけっきょく色鉛筆をにぎることになったその心境の変化は本人しかわからないことである。目を細めているのは白い紙がいつもよりまぶしいからかもしれなかった。描かれている者らもいつもよりたのしそうに得意のポーズを決めているように見えた。彼らの活躍は毎週応援してきたしときには直接そのたたかいを目にしたものである。握手すらしたことのあるCはどの色も正確にぬる自信があった。ぬりえ帳はめくっても物語が展開するわけではないのだがCのそばにそっと近寄ってじっと耳をかたむけてみるとどうやら話があるようだった。たんねんにページをくっていたCだが一か所すでにぬられている場所があるのを発見した。それは本来黄色であるべきところが水色にぬられていたのである。

完成されたぬりえ帳のその後の運命はいかに。あれほど熱心に見開きにむきあっていたのにすべてのページが埋まるとたんに見むきもされなくなる。こんなに色とりどりできれいになったのだからむしろこれからではないかと思うのだがCがこちらをふりむくことはもはやない。学習机のいちばんいいところを陣取っていたぬりえ帳はいまやなんでもごちゃごちゃに入れるいちばん下のひきだしのなかに押し込まれた。そこでいつ処分してもかまわないと思われるガラクタたちとともにしばらくのあいだ眠りにつくことになったのである。

ふたたび白日の下にさらされたとき若干しめって変色もしていてもうだめだ捨てられるのだと思ったのだったが意外や意外そういうことではなかった。それどころかまたいいところに陣取ることができたのである。ひとつ不審に思ったのはCの姿がそこにないことである。ずっと待っていてもCを見ることはなかった。ご両親が時折訪れ熱心なぬりえ帳の鑑賞者になった。どうせCはめくってくれないのだからそれは歓迎なのだが年のせいか涙もろいのが玉に瑕である。しかしそのおかげでCが使っていたのも三十六色かどうかは知らないが（そんなに色かずは使ってなかったから）水性の色鉛筆だったことが判明した。色がとけて輪郭をこえてほかの色とまじっているからだ。

しびれをきらしたようにどことなく投げやりないくつかの声がＡの名を連呼する。ぐずぐずしてないで公園にあそびにいこうじゃないかとくりかえしさそうのである。開け放した窓からひそひそと文句をいいあうのも聞こえてきた。それでもＡは自室を出なかった。すると母親がわびているのが窓から聞こえてきた。すぐに廊下からも聞こえてきていつまで友達を待たせるつもりなのと問いかけに似た勧告を発した。けれどもＡはもういくからとくりかえすのみだ。着替えているところだというのである。はたしてそれは本当であった。Ａは部屋じゅうをちらかして外出のための服をえらんでいたのだった。もっともＡはふだんからそれほど身だしなみに注意することはなかった。むしろどちらかといえば無とんちゃくなほうである。にもかかわらず友人たちを待たせてまでもあれこれ悩んでいるのはいよいよＡも色気づいてきたということだろうか。しかしながら残念なことにというべきかＡが慎重に服を選択していたのにはそれ相応の理由があった。三人ものおなじ服を着た人間と出会ってしまったという過去があったからだ。そのことをいま呼びにきている自転車にまたがった悪友たちにさんざんバカにされたのである。それからというもの試合にも集中できず打率もかつてないほど落ちたのだった。服ごときでこんな目にあうとはAにはまったくおどろきであった。考えに考えて潜水艦の絵がプリントされた服をあたまからかぶった。そして窓にむかっていくったらとどなっていきおいよく外へ出た。

今日は家でお留守番だ。ゆっくりと雲がずっと遠くの屋根のむこうにまで流れるのが見えてとても気持ちよさそうだったけどしかたなかった。Bにはまだちっちゃな妹がいるのだ。あしたには姉がかわってくれるのだから今日はがまんしなきゃとBはあらためて思った。庭先ではあした着る予定の水色のワンピースが風にゆれていた。さっき自分で洗濯したばかりだった。ほかにも靴下やハンカチなどあした身につけるつもりのものはみんな洗った。それらはなかなかセンスのある色や柄だった。Bがそれを身に着ければきっと似合うと思われた。それはじつはBも自信があるところだった。だからこそいまBがどうして潜水艦がプリントされた見事に子供っぽい服を着ているのか疑問だった。疑問だったが落ちついてよく考えればだれもがふかくうなずくはずであった。つまり今日はお留守番でだれにも見られる心配がないのである。着たら着たでその潜水艦が大きくプリントされた服もなかなか似合っているのであるがBはテレビを見てすごした。一歩たりとも外へ出るつもりのなかったBが庭先といわず家の周囲といわず自転車にまたがってまで外を長時間うろうろしてしまったのは妹がいなくなってしまったからである。さいわい公園の砂場で小さな背中を無事見つけることができた。

まったくようしゃなくコーヒー牛乳は服にしみをつくった。Cは時間は巻き戻らないことを痛感した。しかしなんとか声を出すのはこらえることができた。コップにそそがずそのまま口をつけて飲んだことまで見られていたらたいへんだ。そっと二階へもどってとにかく服をぬいだ。ひろげてみてそのまわりを腕を組んで歩いた。考えているのだ。いくら眉間にしわをよせてもどうしようもなかった。ちょっと服を折ってみたりしたが何の意味もない。Cは絶望的な表情になったがすぐ変な顔でくしゃみした。日がさしこんだかと思うとすぐ陰りさっきより濃くなったように思えた。パジャマを着るにはあまりにも早すぎた。むろんはだかでいるなんてとんでもない。どうしてまたしてもおなじあやまちをくりかえしてしまったのか。時間というものは巻き戻らないのだとあらためてCはうらめしく思った。もどったところでやはり台所で直接紙パックに口をつけてコーヒー牛乳を飲むにちがいなかったが。階下からCを呼ぶ声が聞こえた。ちょっとこっちにきなさいという。母親の声である。すぐいくと返事したがこのときちょっとした殺意がCに芽生えなかったとはいえなかった。だがさいわいというべきかCが開けたのは洋服ダンスだった。そこにほとんどおなじ素材の服があったのである。腕を組めばプリントされた絵は見えないと鏡に映してCは思った。下のほうとか見えている気もするがちゅうちょしている場合ではなかった。時間は巻き戻らないのだ。Cはおつかいをいいわたされて外へ出た。

おさがりは何といっても自分の好みでない場合がしばしばだ。だからそのたびにDは不服である旨を態度で表明することになるのである。つまり新品を与えようということなのだが聞き入れられることはめったになかった。おさがりがやってくるルートは二通りあってDの兄からといとこからである。比較的後者からのものがDのおめがねにかなうようである。この日とどいたもののなかにこれまででDがもっとも気に入ったといっていい服があった。ちょっと大きいようだがそのためにかえって着ているDにもよくプリントされた絵が見えた。こういうものを兄もよこしてくれたらいいのにとDは軽蔑をこめた目つきで学習机を見た。声もかけたが返答はちゃんとかたづけておけよなというものであった。まるで自分ひとりの部屋であるかのようないいぐさにDはふんがいしてたちあがった。だがたちあがると外へ出たくなってしまうのである。Dはだまって音もたてずに母親に何ひとつ告げずサンダルすらはかなかった。すっかり潜水艦になったつもりなのだ。

服をぬごうとして首のところでつっかえて前が見えないばんざいした状態でAが家のなかを歩いている。危険きわまりない。ふざけているのかといえばそうではなくて本人も必死みたいだ。なんとかぬごうと体を前後にゆすってもがいているのである。潜水艦を描いた服を親戚からもらって着てみたはいいがいざぬごうとしたら首のところでつっかえてぬげなくなった。あわてず落ちついてことにあたれば大丈夫なはずだった。じっとしていればいいのに動くのですでに満身創痍である。破れたり割ったり周囲への被害もすでに洒落にならなかった。今年いちばんの大目玉を喰らうのはまずまちがいなく覚悟しなければならない。にげようというのかAは半ばころがりながら外へ出た。ばんざいして服をぬごうとしているのだから当然おへそは丸見えだ。意外にもぶつからずにすんでいるのは町ゆく人々がびっくりしてつぎつぎAをよけているからである。坂道を下るにしたがって足早になっていく。急ブレーキをふんだバスの運転手は目をうたがったそうである。それにしてもAはばんざいした格好でいったいどこへむかおうとしているのか。むろんA本人のみ知るところである。無事にたどりつけるよう祈るばかりだ。

手をあげろと背後からいわれる。Bが無視してそのまま机にむかっていると手をあげろと芸なくもう一度くりかえした。声を聞けば弟だとただちにわかる。いや本当は部屋の扉がそっと開いたときから弟だとわかっていた。手をあげろと背後からまた聞こえた。しかたなくBは本にしおりをはさんで両手をあげる。よしじゃあ立ってと今度はやや安心した声で要求がつけくわえられる。それにもBは素直にしたがった。背中にあたっているのは鉄砲のつもりなのだろうがくすぐったくてしかたがない。撃たないでくださいと眉をさげてBもなかなかの名演である。自分で押入れを開けた。毎度のことで次にああしろこうしろということが前もってわかるのだ。さっさとつきあって終わりにしたいと思っているのだった。押入れのなかで膝をかかえていればじきに警察がきたぞと弟が叫ぶはずだった。そしておなじ声でにげろといって部屋から出ていくのである。待てと廊下で聞こえることもある。正味五分もかからない。だがこの日にかぎっていつまでも弟の声は聞こえてこなかった。襖をわずかに開けて部屋をのぞくともうだれもいなかった。Bはもしやと思ってあわててたちあがろうとした。あたまを強く打って涙が出たがそれでもはうようにして机にむかった。案の定なくなっている。これでBは弟を追いかけるしかなくなった。今度はBが手をあげろという番なのだ。

Cの脱走計画は早くもとんざしかけていた。しかしなんとかして成就しなければならなかった。病院から抜け出すところまではどうにかこうにかうまくやりおおせたのだ。うしろから声をかけられたときは正直どうなることかと思った。早いところ次の手をうたなければつれもどされてしまう。せっかくここまできたというのにつれもどされたらもったいなかった。Cの希望は外国への移住だがポケットには二百円しかなかった。オレンジジュースを買うためにさっき親からもらった小銭である。じつはさっき以上にのどがかわいていた。ずっとここまで走ってきたのだからしかたなかった。ちょうど通りのむこうに自動販売機がある。Cは足を一歩前へ出した。するとそこに一台の不審なタクシーが現われ速度を落とすと手をあげてもないのにCの前で停車した。後部座席の扉が音もなく開いた。脱出を手助けするという。お金もけっこうだという。まったくねがってもない話である。さっそく乗りこんでシートに体をしずめた。すべるように走り出したがすぐに車をとめさせた。扉を開けてくれとたのんだ。ようやくあやしいと気づいたのかというとそうではなかった。しばらくしてもどってきて浅く腰かけるとオレンジジュースを両手でごくごく飲んだのだった。かすかな振動がここちよかったのだろうかやがてCは寝入ってしまった。運転手はそれをバックミラー越しに確認すると何度か器用に角を曲がった。そしてもとの病院に到着した。その後いつものベッドの上でCは目をさましたとのことである。

あれをやってみたいとテレビを指さした。体操競技をやっているのである。むろんDには無茶な話だ。十年は早いといわねばならない。まだでんぐりがえりもできないのだ。それでもやるといって聞かずいまこでするという。見ていろというふうにお尻をふる。何度も挑戦した結果はご覧のとおりである。両親がこのありさまに気づいて言葉を失ったのもうなずける。決して割れてはならぬものがいくつも粉々の憂き目にあっていたのである。Dは柱の陰から顔を半分出してじっと見ていた。目があうとひっこめた。おしおきがあることをよく知っているのだ。このおしおきが結果的にDに満足を与えたのだから人生とはつくづくわからないものである。ズボンもパンツもぬいでのがれたがとうとう階段のところで足首をとらえられた。そのまま逆さにつりさげられてしまった。ばんざいしたかっこうでゆらゆらゆれている。これをもって逆立ちとみなすこともできないことはない。前方に水たまりができたのはDがおしっこをしたからである。

ふと視界がさえぎられた。耳もとでだれだと声がした。まったく聞きおぼえがなかった。だれとAはおそるおそる問いかえした。けれどもそれに対する返答はなかった。家にいたのはAひとりだったはずだ。母親は買い物に出かけていていまお留守番しているところなのである。だからひどくAはびっくりしたのだ。だれもいないはずなのに背後へだれかが近づいてきた。そして両手でAの目をおおいかくした。おどろいたのもやむをえないことだった。自慢のデジタル式腕時計が床に落ちてしまった。ちょうど時刻をあわせていたところなのだった。だれだと思うとまた相手はくりかえしてきた。口を開けずに無理に押し出しているようにそれは聞こえた。とにかく不自然な声なのだ。Aもまたあらためてだれなのと問いかえした。心臓がどきどきたかなった。しかし冷静になれば選択肢はもともと非常にかぎられていることに気づくはずである。というか相手がだれであるかほとんどあきらかであると思われた。弟が生れるのはまだ数か月後のことなのだし父親はあしたにならないと出張から帰ってこない。ここに住んでいる人間はAもいれて母親と父親と三人だけだ。もちろん未知の不法侵入者である可能性もないわけではなかった。というかAはどうやらこっちの可能性であたまがいっぱいになっているようである。両手が膝の上でこわばっているのがわかる。Aの視界をさえぎったその手のひらがだんだんぬれてきた。泣いているのだ。不意にだきしめられそのときのふっくらした胸の感触でAはようやく気づいた。そしていつも聞きなれている大好きな声になってごめんねと耳もとで聞こえた。

Bが目をつぶって首をのばしていささか緊張した面持ちだ。かかとがわずかに浮いている。手は前であわせたりうしろにやったり落ちつかない様子である。唾をつづけて二回飲みこんだ。口がいつのまにかちょっとだけ開いていた。だれにも見られていないとBは思っている。しかし姉にばっちり見られていた。忘れものを取りにもどってきていたのだった。経験豊富な姉はすぐさまBが何をしているのか思いあたったようである。居間のまんなかで小さな台に乗って目をつぶっているBはあしたの予行演習をしている。息をひそめ気配をころしてBを見ながら姉は何度かうなずいた。まるで彫刻でも鑑賞するかのように腕を組んで周囲を静かにめぐってみた。Bの水色のワンピースの背中のボタンが全部はずれていた。いつも姉がとめてやるのである。むろん今回はそのままにしておいた。かわりにすそを気づかれないようにそっと直してあげた。まだちょっとなまがわきだ。Bが不意に目を開けたのは唇の感触におどろいたからである。居間にはだれもいない。さっきからひとりだったのだから当然だとBは思った。でもあの感じはと指でおさえてしばらくぼう然としてしまう。

脱出計画が失敗に終わった以上Cはおとなしく左腕をさしだすしかなかった。のがれるすべはもうまったく残っていやしないのだった。もっともCはことのはじめから泳がされていたのである。父親の財布にあるタクシー運賃の領収証が何よりの証拠だった。Cは歯をくいしばるしかなかった。Cは目をつぶって顔をそむけた。終わってしまえばなんでもないことだ。苦痛がずっとつづくわけでもない。それはよくわかっている。よくわかっているのだがCはかならず腕をひっこめてしまう。もう四度めだ。それではしかたがない今回はあきらめますかと先方がいうわけないのはCにもわかっていた。あきらめるのはCのほうなのである。両肩にのせられていた手がやや強くCをおさえる。よしてと小声で訴えるが聞き入れられなかった。このときCにちょっとした復讐心が芽生えなかったとはだれにもいえなかった。細くつたった涙がその証拠のように思われた。

Dはこれから見る世界のことをたのしみにしていた。それはもうじきにやってくるはずだった。聞くかぎりそこはとてもにぎやかそうだった。またかなりひろいらしくいろんなところに歩いていかなければならないようだった。むろん歩くだけではなくほかの手段もあるらしかった。ときにかすかな振動が伝わってくることがある。それだけでいつのまにかどこかへ到着してしまうのだ。そういうひとつひとつがDをわくわくさせた。自分がどこまで歩けるか考えただけでも心臓がたかなった。いろんなところへいっていろんなものを見たいと思っていた。海とか山とか話には何度も出てきた。見ることができるだろうか。あたらしい家には出窓があっておじいちゃんがいて庭があるそうだ。大きな庭だそうだが海よりも山よりもだろうか。夏になったらかき氷はぜひとも食べたい。いつもDのところへとどくころにはすっかり話とちがうものになっていたから。両親は優しい人だとDは思う。もちろん礼儀正しく挨拶するつもりだ。何度か蹴ってしまったことは素直に詫びるつもりでいる。Dは気づいていないが一足先にDのことを両親は見ていた。今度のお子さんはあたまが大きいですなと担当医にいわれ苦笑したそうである。健康に生れてくれたらそれで十分といったのは母親だ。父親は元気かいとDに語りかけた。元気だよとDはいった。元気だってと母親がいった。

立入禁止とかろうじて読めるその字はあきらかにAの筆跡だ。白墨の跡をゆっくりとたどっていくと角を曲がったところに案の定Aの姿がある。しゃがんで地面にあれこれ熱心に書きつけているのである。白墨をおいて手をはたいてたちあがると膝に絆創膏が貼ってある。朝からずっと陣取っているのだ。公道でのこのような迷惑行為はすみやかにやめさせるべきである。年長の者に対して自転車をただちに降りるよう命じることも一度や二度ではなかった。立入禁止だというのである。そして相手が自転車から降りたら降りたで船に乗るようにとせまるのである。人のみならず猫が近づけばバケツを鳴らして追い払った。頭上の電線にとまる鳥にも石をぶつける徹底ぶりだ。その石が人にあたることもしばしばだった。ひきかえし迂回を選択する者も当然すくなくなかったがなかにはAの先導にしたがって船でわたる者もいた。Aによれば河川がはんらんしたそうである。以前は橋もあったがいまは使えないとのことである。マンホールのフタのところだけ両足をついていいと告げることもあった。夕飯の買い物にいくのだろうか家から出てきた初老のご婦人は難儀しつつもAの指示にしたがった。このご婦人が去った後Aは腕組みした。考えているのだ。そしてフタとフタのあいだにつり橋を描いた。だから買い物をすませた帰宅時には橋をわたって無理なく家に帰ることができたのである。

ある日を境にBはひとりでお風呂に入るようになった。その日は突然訪れたように思われた。父はBにつづいて入ろうとしておしかえされた。たちのぼる湯気のなかいったい何が起こったのか一瞬わからなかったそうである。扉が閉じられると湯気も消え後には全裸の父が残された。Bのゆれうごく姿が扉一枚へだてて認められた。湯をあたまからかぶる音をただむなしく聞いているほかなかった。事前に通告があったわけではないのだからまだ若いといっていいこの父親をだれもせめることはできない。むしろ衣服を力なく身に着ける姿など同情をさそうほどである。弟もおなじくBと入浴することをこばまれた。しかしながら弟は水をかけられたりすることをむしろおもしろがっているふしがあった。この事態はかえって彼には好都合であるようだった。鍵がかけられているわけではなくしたがってしめだされたからといっても扉は自由に開閉することができる。おしかえされたといったところでBの力などしょせんたいしたことはない。しかし父にとって目の前の扉は何よりもがんじょうな防壁と化してしまった。立入禁止なのだ。そのセキュリティーシステムが解除されるのはBの入浴後のことである。その場を去るにあたって何度かふりむいたのは未練を残していたからであろうか。Bの弟が水をまたかけられたらしく廊下をかけてゆき父の前ですべってころんだ。

いきなり背中に弾があたった。見上げても気配はない。白い雲がひとつゆっくりと移動するのがまぶしく目に入るだけだ。先を急ごうとするとまた。たちどまるとさらにまた。あたまをかかえてもその小さくてカラフルな弾はようしゃなく強烈な痛みをもたらした。アスファルトの上を弾が高く跳ねてころがっていった。先へすすむことができず路上駐車しているワゴン車の陰にひきかえすのがせいいっぱいだ。窓から銃をかまえているのはCである。練習もほとんどしていないというのにたいした腕前である。もちろん無辜の人々へむけての無差別な狙撃などというこのようなふるまいはたとえどんな理由があろうとも許されるはずがなかった。Cもそのことはよく自覚している。目を閉じて窓の外に意識を集中する。下校途中に歌っているらしかった。三人くらいだろうかとCは思ってあらたに弾をこめかまえなおして引き金に指をかける。しかしついに発砲することはなかった。大小あわせて四丁もの銃をベッドの上にならべていたのはうかつだった。さいわい花束に顔が隠れてちょうど

Cの空気銃は見えなかったようだ。こんなにいただいちゃってと近づいてくる。枕にあたまをしずめたCに気づくと安静にしてなくてはならないとやさしく肩に触れた。わかっているというようにCは笑顔をつくった。歌声は窓のすぐ下を通ってしだいに小さくなっていった。聞こえなくなっても母親はそのあとをうけてずっと窓辺で口ずさんでいた。

Dは以前テレビで川の両岸に網をわたしてその網につぎつぎと魚がかかるのを見て感心したことがある。一網打尽という言葉こそまだ知らなかったけれども何か口をもごもごさせた。やや上流から漁師がくだんの網へ魚をおいこむその映像にDはくぎづけだった。だからDがさかんに魚を用意しろといいだしたのはそのテレビの影響なのである。Dは網という言葉もまだ知らなかった。番組内ではくりかえし語られていたのだがきわめて遺憾なことにDの記憶にはひっかからなかったのである。憮然としたままのDに若い夫婦は困惑するほかなかった。ある日の午後のことだがベッドから出られないという事態が生じた。たちあがっても無理だった。午睡をむさぼっているあいだに新しい製品に取り替えられていたのである。柵が高く転落防止の工夫もあれこれほどこされた最新型であった。何度もトライしてみたけれどもどうしても外へ出ることができなかった。これが結果的にDに満足をもたらしたのだから人生とは本当にわからないものだ。たしかに見ようによってはなかなかどうして例の網に似ているではないか。Dは魚になったつもりでバタバタやってみせた。若い夫婦は心配したが猫はすぐにとびのってきた。

助手席の窓からAはずっと景色を見ていた。風がヒンヤリと心地よくAの耳をくすぐった。トイレかと問われ首をふると鈴がみじかく鳴った。見たことのない町並みがつづくようになってもうずいぶん時間がすぎた。西日が助手席を照らしAの目は極限まで細くなった。ハンドルに触れようとして怒られた。強くぶたれたがむろんドライバーにとってはすこぶる正当な行為といえる。やがて車が止まってまた動いた。ハンドルをきりかえしたのだ。急に暗くなったのでAはびっくりした。車庫というものを経験したことがなかったのである。なるほどこれがというように助手席の窓からのぞいたが自分の姿が見えるだけだった。外へ出るとまぶしくてまた目を細める。三角形の屋根。南の二階に出窓。何より庭があるのがAにはおどろきだった。ここで存分にあそぶがよいとあたまをなでられた。首をつかまれてどうだ感謝しろとAを見た。Aはこういうふうに首をつかまれると不愉快でならない。顔をそむけたが視界にひろがる芝生の庭はたしかになかなか快適そうである。あそこでころがるのも悪くはないと思われた。だがいまは家のなかで山積みになった段ボール箱にとびのることが先決であった。すぐにでもかたづけるといっていたからだ。ビールを飲んで横になってもうイビキをかいている。腹の上にとびおりても起きなかった。これならば好きなだけあそぶことができるとAは武者ぶるいをする。しかし残念なことに段ボール箱はひとつまたひとつと順にとりのぞかれてたちまち居場所を失ってしまった。ひとりの女性がAを見下ろしている。彼女はAのことを知っているらしかった。Aの名を呼んでそして抱きかかえた。

じっとBは見つめていた。いつまで待っても開かなかった。ただ開かないだけでなくてそもそも気配がしなかった。庭から玄関にまわってみた。やはり門灯はついていない。それからプロパンガスがならんだBのお気に入りの勝手口をのぞいてみた。一周して庭にもどってきてもおなじことだった。これまで一夜を外で明かしたことがなかったわけではない。むしろ最近はひんぱんに外泊していたのだった。しかし今日は何かいつもと決定的に異なるように思えてならなかった。率直にいってイヤな予感がしたのである。Bのその予感はあたっているのだがそこがなかなかいい物件であったためかしばらくするとふたたび以前のように門灯がつき扉が開きBは引っ越しをする必要もなく何ひとつ不自由なく生活することができるようになった。というかこれまでより暮らしは向上したようでもある。もっとも名前だけは変わってしまったのだが。

宙に浮いたのは油断していたからだ。Cのことを知っているのかさかんに話しかけてきた。Cはそれに答えることはなかった。ただ身をくねらせるだけだ。遠くで男が女の名を呼ぶのが聞こえる。それが女の名だとわかったのはふりかえったからである。ようやくCは地面に着地した。女の名に思いあたるところはなかった。男も知らない顔だった。二人はバス停の前まで手をつないでいたがバスが到着するとそれをほどいて女は荷物を受け取った。男が何かいいかけた。男もつづいて乗ろうとしたが見事にこばまれたのだった。みずからの車を出すためだろう男は足早にひきかえした。奇遇というかCが男と再会したのはこのときだった。CにむかってなにごとかボヤいたがむろんCには理解できなかった。また男はCにむかってCとはまったく無関係な名前を呼んだ。むろんCはそれに対しても返事をせずボンネットから地面に着地すると門の下を腹をこすりつけるようにして入って庭に消えた。

腹ばいになってDは敷地に入った。さすがのDも最初はちゅうちょした。そこが見ず知らずの家だからではない。あたまさえ入れば大丈夫なのだがそのあたまが大きかったのだ。なんとかねじこむようにして入ったが膝をガラスの破片で切ってしまった。服もはたくべきだが生まれてこの方Dはそんなことやったことなかった。母親の手をふりきって走ってDはここまでにげてきたのだ。車がクラクションを鳴らしたところにとびだしたのであわやという場面だった。母親はその場にへたりこんでしまった。ふだんなら圧倒的に足が遅いDがにげきったのにはこういった事情があったのである。だが幼稚園の小さな麦藁帽子を門の下に落としていたし見つかるのは時間の問題である。あと五分もすれば母親が追いついてくるのだがむろんそうはいってもこれからのことなどたとえわずか五分先のことであったとしてもDが知るはずもなかった。だれにもわかるはずがなかった。勝手口のプロパンガスの隣でDは声をひそめ膝をかかえた。消毒して絆創膏を貼るべきだ。

自慢のデジタル式の腕時計とバス停の時刻表とをかわりばんこにAは見つめていた。あと一分だ。眉をよせていささか緊張した面持ちである。あるいはそれは期待に胸をふくらませているといいなおせるかもしれない。自転車で十分走れる距離をわざわざバスに乗ろうというのである。とりたてて用事があるわけでもなかった。しいていえばバスに乗ることじたいが目的であった。ずっと乗ってみたいと希望していたのだが不便だとかなんとかいわれていつも車での移動になるのが不服だった。たしかにいくつかの路線では廃止も近いと聞く。三十分ごとだったのが一時間おきになったのも最近のことだ。世の流れである。そのバスにいよいよ乗りこむのである。たったひとりで乗車することがこの日Aが自身に課したことなのだった。Aはしばらく足をプラプラさせて前の通りを横切っていく車をながめていたがふたたびたちあがった。そしてさっきとおなじように背のびして時刻表と腕時計のそれぞれの数字をかわりばんこに見つめた。あと十秒だ。このように秒単位で計っているところいいにくいのだがAの自慢の腕時計は四分ほど遅れていた。正確を期したと父親は胸をはったがそもそも家の時計が遅れていたのである。道路事情によりやむをえず遅延することはままあることであるがまあこの近くだと渋滞などは考えにくい。

あいにくの天気だ。じきに雨が降ってきそうだ。傘をわざと忘れているのはBに考えがあるからだった。そのくせ日傘をさしていた。紫外線は微量のはずだがそれでもかまわないようだ。口を真一文字にむすんでいる。本当は外でお弁当をひろげたかったのだがあまり自信がなかった。

だからある意味で今日の空もようはBに好都合であったといえた。あくびが何度も出るのはこまったものである。目覚ましが鳴るより早く起きてしまったのである。お化粧までしたのはやりすぎだったかもしれない。時刻表によればすでに一分ほど遅れている。バスがくる気配はまだなかった。それだけでとんでもなく不安になる。落ちつかなくてはとベンチに腰かけると水色のワンピースが空気をふくんでふわっとひろがった。そしてポシェットからハンカチを出して汗をぬぐった。いつもは自転車で半ズボンで走る道だった。雨が降っても傘なんかささなかった。数分後にバスが到着したのだがBはどういうわけか乗車せず浅く腰かけたままだった。足がふるえて立てないのだ。

Cの目には横顔しか見えなかった。しかもバスはすぐ発車してしまったのだから実際に彼女が泣いていたのかどうかは確認のしようがなかった。ハンカチを目にあてていたように見えたが汗をぬぐっていただけかもしれなかった。Cは腰を浮かしたまましばらく窓におでこをおしつけていた。やがて走行中にもかかわらず乗客をかきわけ運転手のもとにむかいひきかえすよう求めた。必死に訴えたがむろんCのこのような要求は受け入れられるはずもなかった。危険だからすわっていなさいとかえって逆に注意されてしまったのである。親に耳をつままれて席にもどった。ところがCがすわっていた座席には初老の男性がすでに腰かけていた。そこぼくのと男性の膝に乗ろうとしてまたしても耳をひっぱられた。ゆずって当然のところであってこれでいいのである。Cは自由を失ったがなんとかもう一方の手で勝手に降車ボタンを押した。

Dのその要求を飲むわけにはいかないのは当然である。すこし運転させてほしいというのである。危ないからちゃんとつかまってなさいとDをたしなめるが一度でいいからとくりかえすのだった。このような迷惑行為は遅延の原因にもなりかねない。そのことを運転手はかみくだいていおうとするがDは手をのばして勝手にワイパーをとめようとする。保護者がかならず同乗しているはずである。けれども車内放送で告げてもDの保護者は名乗り出なかった。休日のせいか車内は混雑していて全体を把握するのはいましばらくは不可能であると思われた。Dが単独で乗りこんだ可能性もまったくないというわけではなかった。ひとりなのかと聞いてみた。口をへの字に結んでいたがややひかえめながら小さな指が運転手の制服のすそをひっぱった。膝の上に乗せてくれないかというのであった。

夏ともなれば学校にいく必要もないわけでということはいつも以上にAはやりたいことができるのだった。家にいることに退屈したら外へ出てあそべばよかったしひとりで走っているだけでもよかった。雨が降ったら降ったで傘さして近くの橋から川をのぞく。足もとの流れに油がまじって色あざやかに反射するのを長靴でどこまでもたどっていく。それからバスやトラックやミキサー車が水たまりを高くはねあげる場所も見つけた。そのたびにAは感心したものである。もっとも全身ずぶぬれになってしまうのだがAはおかまいなしだった。引っ越ししてきたばかりでまだ探検するところが山のようにあった。そんなAだから夜というのはきわめてみじかいものと認識していた。何しろいつもぐっすり眠りこんで気づくともう次の日の朝になっているからである。ながくても五分くらいではないかと思っていた。むろんそれはまちがっているのだがこの夏を通してもついに訂正されることはなかった。つまり生涯を通じて五分間だと信じつづけたのである。

目をつぶっていたが眠ってなかった。もうずっとだ。あしたのことを考えると寝がえりばかりだった。あしたのことを考えればたっぷりと睡眠をとっておく必要があるのにBはもぞもぞ起き出した。再度点検するというのである。じつに久方ぶりなのだからいっしょにゲームもしたいし本も借りてたのを返したいし感想を書いたのも読んでもらいたいし貸したい本もあった。貸した本の感想を書いてもらうノートも用意してある。夏休みの自由研究として取り組んでいる空気のポンプで動く段ボール箱で作ったというか作りかけのロボットは手伝ってもらいたかったからこれもつめこんだ。これまでのBならこの程度の重さはなんなく背負っていくだろうにけっきょくすべてをあきらめることにして小さなポシェットにした。そして寝巻きをぬぐと一着だけ特別だというふうにハンガーにかけてあるワンピースをあたまからかぶった。昼間のにおいがまだ残っている。ちょっとだけ洗剤の香りがしてBはくしゃみをした。背中のボタンはひとりではとめられないのだが当然のことながらこんな時間に姉を起こすわけにはいかなかった。そう思ってベッドから離れる。そもそもあしたBが出かけることじたいないしょなのである。全身を映す鏡はこの部屋にはないからどう見えているのかわからなかったけれど何歩か歩いてふりかえってスカートがふわっとするのをたしかめたらBは満足したのだった。それでもBは眠りに落ちることはできなかった。夜がこんなにもながいものだとBはこのとき初めて知ったのだ。

その晩Cはまた目を覚ました。横で寝ている友達を起こすが何の反応もない。今度は激しくゆすってみる。すると無言でおでこをたたかれた。蚊でも退治するみたいだ。真っ暗なのによく命中したものである。Cもやってみる。だが指が相手の鼻の穴に入ってしまいあわててベッドから飛び降りる。そのときみごとにひっくりかえった。お尻をさすりながらCはよろよろと扉へむかう。あそんだらちゃんとかたづけておきなさいと昼間いわれたことが身にしみてわかったはずである。友達は追いかけてはこなかった。昼間あんなにさわいだから熟睡しているのだ。静寂が子供部屋をつつんでいる。音をたてぬようにそっとわずかに扉を開けた。今度という今度はかならずいかねばならない。それはＣにもわかっているのだ。廊下の常夜灯の明かりが子供部屋に細長く入りこむ。その光の帯をＣはなぜかよけた。そうすべきだと思ったのだ。そしてまずは鼻だけ出してくんくんと嗅ぐ。必要以上に左右をたしかめてからやっとＣは廊下へ出た。早足で階段のところまでいきまたうしろをふりかえる。よその家のにおいというものはいつまでも慣れたと思うことがないのはどうしてだろうか。そんなことを思っているような顔つきである。寝巻きのズボンが膝下までずり落ちている。友達とだいぶ体格がちがうのだ。すそもずいぶん折り曲げている。階段の途中でＣはぬぎすててしまうがどうせぬぐのだからまあそれはいいだろう。心配なのは迷子になってい ることである。寝る前に一度いったくせに場所がわからなくなっているのだ。Ｃは何度もおなじところにもどってきた。電気をつければいいのにあろうことか階段をのぼりはじめたのである。あきらめたのだ。

後年Ｄが見たら卒倒しそうな名前の数々だ。ずっと口頭でいいあっていたのだがおしずかにと再三注意された。それがボールペンやら万年筆やらを使うようになった理由である。紙はもっとも年輩の男が懐からとりだした手帳を一枚破ったものである。性別がわかってからというものの連日議論は白熱した。しかしながら決定打といえるほどのものはなかった。むろん生後十四日以内にとどければいいのであって何もこのような深夜の廊下で検討することはない。事実最初は思い出話に花を咲かせていたのである。ここにつどっている者は年齢職業こそ様々だったがすべてDの肉親なのだった。紙はもう数えきれぬほど往復をくりかえしところどころ黒ずみ破けてもいた。けっきょく名前はしぼられることなくゴミ箱へ投げ捨てられた。Dの名はともかく明け方にはつどった全員があたらしい名をそれぞれ授かることになった。別室の母を筆頭に祖父になり祖母になり叔父になり父になったのである。

Aがこの町にもどってきたという。砂ボコリをまとって風にとばされた黄色い麦藁帽子が足もとにころがってきてとりあげるとAがかけよってきたという。Aじゃないかとびっくりして声をかけたがあたまだけぺコリとさげて帽子をかかえて去っていったという。Aではないという声もある。たしかにAがこの町にもどってくるなんてありえないことだしそもそも大人になっているはずだ。だがこの日ほうぼうで当時とおなじまだちっちゃなAを見かけたという声があがった。バス停のベンチに腰かけていたのを見たというのだ。足をプラプラさせてたまに時刻表と腕時計を背のびして見比べていたという。服をぬごうとして首のところでつっかえて前が見えないばんざいした状態でAが横断歩道をわたっているのを見たという声もある。裏返しになったその服に潜水艦の絵がプリントされていたので気がついたというのである。助手席の窓を半分ほどさげて声をかけたらかけだしてしまったという。しかしこれが本当ならもともとAは裏返しにその服を着ていたことになる。道いっぱいの落書きを見つけたという話もある。立入禁止と書いてある。この字はまぎれもなくあいつが書いたものだとたどっていく。線路なのか橋のつもりなのかマンホールを経由してどこまでもつづいていく。四度曲がってしまいにはもとの線につながってしまう。遠くで泣き声が聞こえてそれをAの声だと思った者もいるという。

ひとり静かにBは読書していた。もうじきに読み終わるところだ。背筋をのばしてお行儀よく机にむかっている。ふだんは人前で絶対見せないのだが眼鏡をかけていた。なかなか似合っていて本人が思うほどではない。すこし大人びて見えてそのほうがいいという声もあるほどである。Bがこのように昼間から部屋に閉じこもって本を読むなどということはめったにないことだった。いつもならこの時間Bは外で元気にあそんでいるのである。といっても男子のように自転車に乗ってどこか遠くへいったりするのではなかった。なわとびとか犬の散歩とか木にのぼるくらいだが最近のお気に入りは家の外の勝手口のところを部屋に見立てて友達とおしゃべりすることだった。じつは今日もいっしょにあそぼうと窓の外から声をかけられたのだった。そのさそいをことわってまで本を読んでいるのは本がおもしろかったからではなかった。むしろBの好みからは程遠いものだと思われた。それはBの小さな本棚を一べつすればだれにでも明らかなことである。そのBがまだ習っていない漢字を調べながらがんばってここまで読んできた。そうまでして読んでいる理由はただひとつだけである。自分が読んでいる言葉のつらなりを彼もたどったのだと思うとそれだけでBは幸福な気分に浸ることができた。読んだ痕跡が残っているわけではなかった。読む前と読んだ後で見た目は何も変わることはなかった。けれどもたしかに二人の視線がこの本の上で重なり合っている。そう信じることができた。そしてもうじきに読み終わるのだ。

何度か転校の経験があってそのたびにCの名は出席簿からいったん消えた。市内を転々としたかと思えば県をまたいで別の出席簿の上に現われたこともあった。長居することはなくしばらくしてまったく異なる書式のなかに現われる。まあたらしいカルテのなかにCの名が記されたのだ。その万年筆の筆跡はなかなかの達筆だったという。その後も落ちつかず何枚ものカルテのあいだをうろうろした。迷子になったのだ。役場の名簿のなかにCの名を見つけることができたのはそれから何か月もすぎたある秋の午後のこと。ようやくしっかりとその名は動かぬよう石に刻まれたという。

妊娠検査薬をしばし二人はじっと見つめていた。彼女はよかったねといった。彼はといえば何もいわなかったがどうやらかなりホッとしたようである。話題をかえてみせたその声があきらかにいばっている感じになっている。このような二人の態度はDには不服だった。むろん彼らのことをDは好きだけれどもこうあたまごなしに否定されては心中穏やかでないのもまた事実である。文句のひとつもいいたいぐらいだ。ゴミ箱に廃棄された検査薬の表示がまちがっていたことを知ったら彼らはどう思うだろう。Dはちょっと得意げであった。同時に彼らがもうすこし慎重であればとDは残念にも思うのである。万が一ということもあるよねと再検討してしかるべきではないか。様々な可能性を想定するべきだ。そうすればDはふたたび二人とおしゃべりできるわけだ。Dにはまだまだ話したいことがいっぱいあるのだ。

ここはお父さんこの鼻はおじいちゃんねなどと母の腕のなかをのぞいてもりあがっている。Aにはなんのことだかさっぱりわからない。かわるがわる手でふれているので猫をだっこしているのだろうと見当をつけた。うれしくなって自分も見たいというふうに背のびすると手を洗ってこいといわれた。ランドセルをそんなところにおくなといわれた。二階にいって勉強してこいとまでいわれてAはぜったい引きさがらないと決意した。そのかいあってAの腕のなかにそっとうつされる。猫ではなかった。びっくりしたがAは平気な顔をしてみせた。いわれたようにしっかりだいているつもりだったけれども周囲はなんだか不安そうだ。あれこれ口を出し手を添えようとするので心配無用だという意味のことを述べた。態度でも示すつもりでステップをふんでみせたのだった。するとさっき以上の反響というか反応があってAはより強く非難されてしまうのだった。とりあげられそうになったのでかけだすとそれはほとんど悲鳴にかわった。庭にまずとびだしたがすぐにいきどまりだ。だから生垣のあいだから外へ出た。だっこして走れるわけでなしすぐに追いつくというのが大方の予想だった。しかし抜け道や身を隠す場所をAはもうこの土地で見つけていたのだった。ただとんでもない大声で泣き出すことを勘定に入れてなかったのはAの大いなる誤算であった。どうやってあやしたものかわからなかった。ほんの数年前まで自分もあやされていたのにすっかり忘れてしまったようである。しまいにはAも泣きだしてしまう始末だ。負けないほどの大声で。

Bがねらわれている。たったひとりでいつ全滅してもおかしくない状況だ。仲間は救援をもとめて手をふっているがどこか力なさげでその表情はそろってくもっている。ほとんど期待していないようである。たしかにBがここまで生き延びることができたのは偶然の結果といってよかった。味方の多大な犠牲の上にいまの自分があるともいえた。それは本人もよくわかっているところである。なんとかしてむくいたい。そしてこっちの陣地にもどってきてもらいたい。だがBはひたすら身をかわすだけでせいいっぱいだった。まずは落ちついてそしてこわがらずボールを受けとめることだ。愛する人をだきしめるようにしっかりと受けとめるのだ。そうはいってもBはこれまでそのような経験は皆無だった。あこがれたことはむろんある。最近では想像をたくましくしすぎて夜眠れなくなることもしばしばである。ボールはBの頭上をとびこえることもあれば一度地面にあたって足もとをかすめていくこともあった。あたまではどうすればいいのか理解しているのに実際はよけてしまう。服がよごれたらイヤだという事情もあった。何かのはずみでどこかをすりむいたりして跡がのこったらたいへんだ。絆創膏なんて絶対におことわりだった。身をかわすたびにスカートがふわっとするところは気に入っていた。

し残したことがないかというとそれはうそになる。ぐずぐずしているとおいていくという声が窓の外から聞こえる。もう四度めだ。けれどもCはもういくからとくりかえすのみだ。そのくせ虫かごを肩から二つもさげてCはつったったまま動かない。車に荷物は全部積み終えてしまっている。時間はもう残されていないのだ。助手席の窓が半分ほどさがって母親がまた何かいう。クラクションが鳴ってようやくCは二階から一階へ降りてきた。おじいちゃんが外でCの父親と煙草を吸っている。おばあちゃんがそっとちり紙でつつんだこづかいをCのポケットに入れる。またおいでとあたまをなでる。Cはだまってサンダルを履く。ブーブーなるやつである。すぐにそのサンダルをぬいで何という名前かわからないが脚のながい緑色の虫を捕まえる。畳の上を歩いていたのだ。虫かごに入れる。なぜかCは二階へもどってしまう。クラクションがもう一度鳴った。おばあちゃんが心配そうに階下から様子をうかがうが椅子にすわったままだ。腰が悪いのだ。ようやく降りてきたと思ったら手がクレヨンで汚れている。その手で犬をなでる。吠えられてCはにげだした。この四日間とうとう慣れることがなかった。父親が車に乗りこむ。おじいちゃんが吸殻を揉み消す。Cはその隙に門のところにある郵便受に封筒をそっと入れた。ほんとにおいてっちゃうわよといわれてあわてて乗りこんだ。軽くクラクションを鳴らして車は走り出した。封筒にはおじいちゃんとおばあちゃんへとかろうじて読めた。さっき二階で書いたのだ。し残したことがひとつだけ減ったわけだ。何を書いたかは私信なのだからもちろんないしょなのだ。

Dはしょっちゅう外へ出かけた。その足跡はよその家の庭にまで残された。そのたびにDはこういうふうに首をつかまれる。不愉快でならない。だっこされることも好まない。だから身をよじってにげだす。ひっかくこともある。さすがに妹には悪いと思ったがDはあやまることができない。ちょっとふりかえるだけだ。Dの妹はたまに本を読むがDは本の上でじっとしている。妹といっしょに音楽を聴くことはある。自慢の耳なのだ。もっとも得意なのは木のぼりだ。とびおりることもできる。だれも見ていないところで新記録を出したときにはさすがにくやしかった。妹はいっしょにお風呂に入ろうとよくDをさそってくるので困る。かならず断る。あれは夏だったか無理矢理放りこまれたことがあってそのときもひっかいてしまった。悪いとは思ったがあやまれないのだ。しばらく二階の押入れに身を隠していた。妹が両親に怒られたことはDの耳が聞きとっていた。Dは妹より早く死ぬことを承知していた。妹だけでなく彼女の両親よりも早くこの世を去るだろうというのがわかっていた。おじいちゃんとはいっしょくらいかもしれない。Dはなんとも思わない。むろん感想をもとめられたところで、何も答えないだろう。いつの世も、Dとおなじ名前をどこかで聞くことができた。それはDのことではないのだが、すべてが足跡のように、消えてしまうわけではないのだ。

初出一覧

『メルボルン1』二〇〇六年十一月

『イルクーツク2』二〇〇七年十二月

『「WB」WASEDA bungaku FreePaper』
第十号～第十六号（二〇〇七年～二〇〇九年）

『新潮』二〇〇七年十二月号

『新潮』二〇一〇年二月号

装画　中村水絵

藤田汐路
鮫島さやか
神野優子
阪根正行
大内章世
松岡千恵
金氏徹平
としもりそうたろう
としもりあかね
としもりきょうすけ
松本花奈
中原昌也
古川日出男
田村　武
田村由美子
田村　晴

菊竹　寛
東　直子
野田みのり
柴崎友香
川本　瞳
岩渕貞哉
冨井大裕
阪元野会
長嶋　有
渡邉佳純
フジモトマサル
松田青子
村瀬恭子
いしいしんじ
法貴信也

装幀　名久井直子

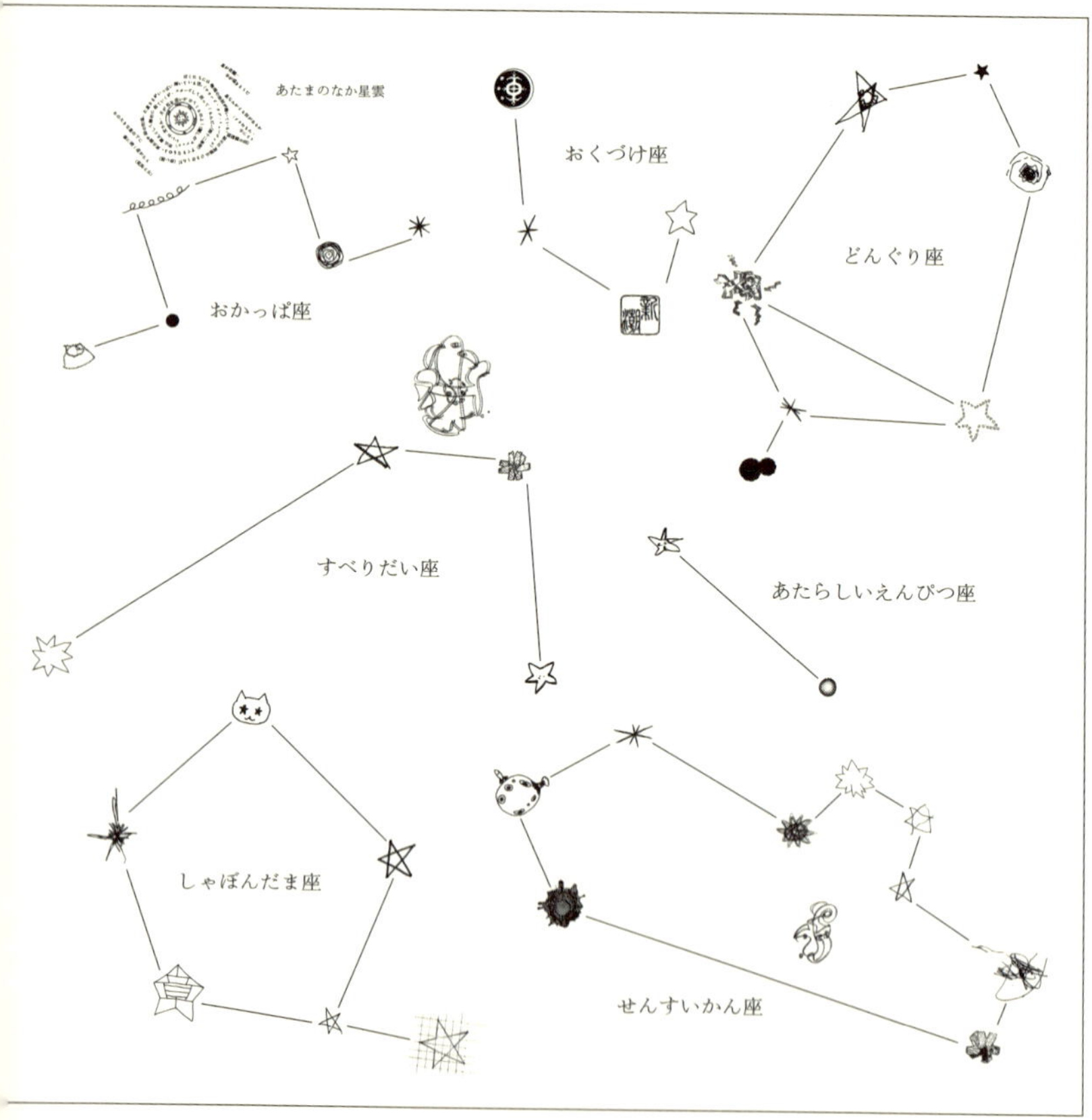
あたまのなか星雲
おくづけ座
どんぐり座
おかっぱ座
すべりだい座
あたらしいえんぴつ座
しゃぼんだま座
せんすいかん座

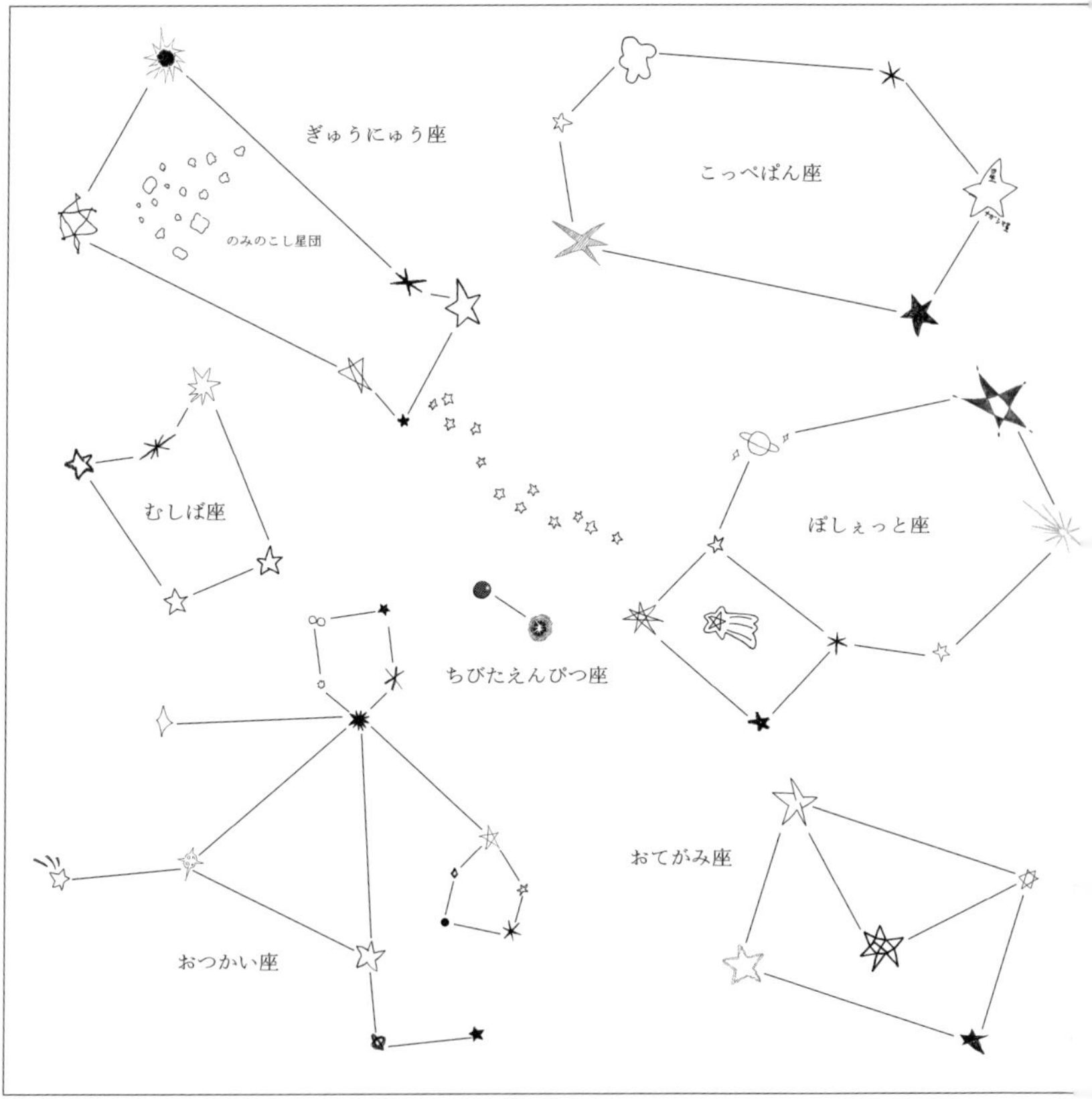
ぎゅうにゅう座
のみのこし星団
こっぺぱん座
むしば座
ぽしぇっと座
ちびたえんぴつ座
おてがみ座
おつかい座

星座《せいざ》から見《み》た地球《ちきゅう》

発行 二〇一〇年六月三〇日
三刷 二〇一五年一二月五日

著者 福《ふく》永《なが》信《しん》
発行者 佐藤隆信
発行所 株式会社新潮社
東京都新宿区矢来町七一
郵便番号一六二—八七一一
電話 編集部 〇三—三二六六—五四一一
読者係 〇三—三二六六—五一一一
http://www.shinchosha.co.jp
印刷所 大日本印刷株式会社
製本所 加藤製本株式会社

乱丁・落丁本は、ご面倒ですが小社読者係宛お送り下さい。
送料小社負担にてお取替えいたします。
価格はカバーに表示してあります。

ISBN 978-4-10-324731-9 C0093